LLANW A THRAI

LLANW A THRAI

Beryl Stafford Williams

GOMER

Argraffiad cyntaf—1999

ISBN 1 85902 746 6

Dymuna'r cyhoeddwyr gydnabod cymorth
Cyngor Llyfrau Cymru.

*Argraffwyd yng Nghymru gan
Wasg Gomer, Llandysul, Ceredigion*

I
GWYNN

Hoffwn ddiolch i Wasg Gomer, ac yn arbennig i Bethan Mair Matthews am ei harolygiaeth galonogol a llawen; i'r Cyngor Llyfrau am bob cymorth; i Syr Kyffin Williams am ei ganiatâd i atgynhyrchu'r llun ar y clawr; am gael benthyg dogfen ymgynghorol ar Warchodfa Natur Arfaethedig Afon Menai gan y Dr Llŷr Gruffydd, sy'n gwbl ddieuog o unrhyw gamddefnydd a wneuthum ohono; i Moira Thornton am droi llawysgrif flêr yn deipysgrif lân; i Eluned Bebb Jones, arweinydd criw cerdded Merched y Wawr, Bangor, am dynnu fy sylw at y llyrlys; i Gwynn, William, Guto a Thomas am fy annog yn dyner i droi ati, ac i'r Fenai am fy symbylu. Fel ym mhrofiad y Salmydd: *Y llinynnau a syrthiodd i mi mewn lleoedd hyfryd.*

Meddai'r llyfrau gramadeg ar un tro wrth restru mynych faglau'r fannod: ni ddefnyddir *yr, y, 'r* o flaen enwau afonydd, ac eithrio'r Fenai a'r Iorddonen.

Dwy afon eithriadol, felly: yr anochel Iorddonen sy'n fwy na dim ond afon ar fap y byd hwn, a'r Fenai nad yw'n afon o gwbl ond yn ddarn o fôr.

Golau gwantan diwrnod newydd. Ar y Fenai, cwch bychan yn gwibio'n drwynuchel tua'r gorllewin i gyfeiriad y Borth ac o ffenestr ei llofft dilynai Alys hynt y stribed chwim, y rhwyg drwy sidan y dŵr ac yna'r osgo rhyfygus wrth gymryd y troad yn ôl tua'r dwyrain lle roedd yr awyr yn binc.

Y cwch oedd yr unig beth oedd yn symud yn llonyddwch y bore. Gyferbyn, ar lethrau Môn, dan glydwch cyrliog coed canol haf, swatiai'r tai moethus hwnt ac yma, a'u lluniau'n smotiau gwyn, breuddwydiol yn nyfnder tywyll yr ochr honno i'r afon. Ger un o'r tai hynny yn awr, ar odre'r ardd serth, daethai'r cwch i ben ei daith wrth lanfa fechan a oedd yn dechrau dod i'r wyneb gyda'r trai ac roedd rhywun yn ei glymu'n sownd wrth y polyn. Heb dynnu'i llygaid oddi ar yr olygfa, ymbalfalodd Alys am y binocwlars a gedwid ym mhen draw'r sil a'u codi am funud i gael gwell golwg. Oedd, roedd dau yno. Frank, yn siŵr, ac un arall, byrrach – Thelma, debyg – a'r ddau'n cychwyn i fyny'r grisiau cerrig, law yn llaw – oedden nhw? – cyn mynd o'r golwg dan y coed.

Yn uwch i fyny, yn sydyn fel lledrith, cyneuodd y goleuadau diogelwch a gwyddai Alys fod y ddau ar fin cyrraedd y tŷ to gwastad oedd bron o'r golwg rhwng y tyfiant deiliog. Safodd yn ei hunfan yn disgwyl i'r goleuadau ddiffodd, gan ddychmygu symudiadau'r ddau drwy'r stafelloedd cyfarwydd hynny ac yn meddwl tybed ai diweddglo hwyr i ddoe perffaith oedd y wibdaith, ynteu cyfarchiad gorfoleddus i'r dydd oedd ar fin dechrau.

Rhoes fflic drwy flerwch ei gwallt brown a stwffio'r cudynnau brith o bobtu'r wyneb o'r golwg y tu ôl i'w chlustiau. Yna trodd i edrych ar y cloc larwm. Dim ond pump o'r gloch y bore! I'r aderyn y to aflonydd dan y bondo oedd y diolch. Roedd ei gŵr, Alun, fodd bynnag, yn dal yn swp yn y gwely, heb agor ei lygaid eto i'r ffaith fod dydd ei ymddeoliad wedi gwawrio, fod desg y cyfrifydd wedi'i chlirio a'i fod yn ddyn rhydd. Amheuai Alys, er hynny, a fyddai'n gallu cadw draw o'r swyddfa'n gyfan gwbl; byddai'n anodd rhoi'r gorau i arferiad oes o weithio'n galed, yn rhy galed i'w hanghenion fel teulu ers tro bellach, gan fod eu hunig blentyn, Saran, yn wyth ar hugain ac yn gwneud yn ddigon da fel arlunydd i'w chynnal ei hun yn Llundain, yn ei ffordd syml hi o fyw.

Cyn diwedd y flwyddyn byddai Alun yn drigain oed. Roedd yn saith mlynedd yn hŷn na hi, ac eto wrth edrych arno, ar y cip ohono uwchben y dillad gwely, roedd rhywbeth yn ifanc – a bregus hefyd, neu efallai mai dim ond ei llygaid euog hi a welai hynny – yn y ffordd y disgynnai'r gwallt coch i'w le yn un hanner cylch ar y gobennydd.

Er ei bod hi braidd yn gynnar i godi a dechrau gwneud sŵn o gwmpas y tŷ, gwyddai Alys na fedrai fynd yn ei hôl i orwedd yn llonydd. At hynny, roedd ganddi ddiwrnod prysur, anodd, o'i blaen, meddyliodd, wrth wthio blaenau'i thraed i'w slipars ac estyn am y cimono du a melyn oddi ar gefn y drws lle yr hongiai yn rhigolau llipa. Dechrau stelcian wedyn wysg ei hochr fel cranc ar hyd ymyl y landin i osgoi'r styllod gwichlyd yn y canol; roedd yn hen dŷ, wedi'i adeiladu tua dechrau'r ganrif, a doedd arni ddim eisiau deffro neb na dim arall, yn enwedig y ddau gi bach *bichon frisée* yn eu basgedi cwiltiog, y naill yn llofft Saran a'r llall yn stafell Gwen, ei ffrind. Ddoe, wrth i'r ddwy gyrraedd o Lundain, gwaredodd pan welodd y basgedi esmwyth o batrwm plod yn cael eu cludo fel dau gari-còt o'r car.

'Wel, dyma be ydi gwirioni,' meddai, a'i gadael hi ar hynny. Doedd wiw dweud gormod.

Oedodd ar waelod y grisiau ym mhen sgwâr y cyntedd a chodi'i phen i wrando. Dim smic i'w glywed ar wahân i dipian y cloc mawr ger drws y ffrynt, ac ymlaen â hi ar hyd y lobi cul i'r gegin yn y pen arall, ei chegin gyfforddus, gynnes, rhy gynnes yn aml i haf poeth 1995. Cododd gaead y tegell gan ddiolch fod digon o ddŵr ar ôl ynddo i arbed rhedeg y tap ac achosi ffit o gryndod swnllyd yn y peipiau. Roedd bob amser wedi hoffi bod i lawr o flaen pawb fel hyn a chael dod ati'i hun yn ara deg uwchben ei choffi, a'i chefn at y Rayburn. Ond ei bod wedi methu dod ati'i hun yn rhy aml yn ystod y misoedd diwethaf.

Heddiw âi â'i phanaid allan i'r ardd ffrynt, a thoc clywai oglau'r heli yn ei ffroenau wrth gario'i diod yn ofalus tua'r wal derfyn uwchben y Fenai, ar draws y lawnt y bu Alun yn ei chneifio mor ofalus neithiwr ar gyfer ei barti ymddeol.

Y tu hwnt i'r wal syrthiai'r tir coediog i lawr at flaen traeth creigiog, blêr, annifyr dan draed. A chyn bo hir, wedi i'r llanw dreio, byddai'r fflatiau llaid yn ymestyn allan yn eang; eisoes roedd eu lliw brown yn dechrau ymddangos dan wyneb y dŵr. Traeth anial a fu unwaith yn frith o fynd a dod, yn gyrchfan o bwys, gan mai yno roedd Porthesgob o ble y croesai cychod yr esgob i Fôn ac yn union gerllaw'r fferi roedd y gored neu, ar lafar yn lleol, y gorad, a ddaliai'r pysgod yn heigiau. Bellach doedd nemor neb i'w weld yno byth. Ambell bysgotwr cefngrwm weithiau a'i fwced yn ei law, yn chwilota am abwyd ymysg y cerrig a'r gwymon, a dyna i gyd. Ni fu fawr o lewyrch chwaith ar y tŷ bwyta a agorwyd ar fin y dŵr ar un tro. Roedd rhywbeth yn anghynnes yn y lôn a arweiniai yno drwy'r ceunant tywyll a droellai ar i waered i'r cysgodion. Ac eto roedd yn rhodfa lydan, addas at ei diben gynt ac yn gymaint â ffordd fawr ar ei thop, yn ddigonedd o led ar gyfer y coetsys a arferai hercio i lawr tua'r lanfa ar un tro.

Ni wyddai hi ddim byd am hanes y llecyn pan ddaeth i fyw gyntaf i Fryn Gorad ar ei phriodas, nac ychwaith beth a olygai enw ei chartref newydd; doedd hi ddim wedi'i magu ar lannau'r Fenai nac yn gyfarwydd â'i choredau.

'Lle 'gorad i'r tywydd, ella?' cynigiodd rhwng difrif a chwarae ar ôl swper un noson yn Bank Place, cartref ei darpar deulu-yng-nghyfraith, pan ofynnodd Humphrey Lewis, tad Alun, iddi a wyddai ystyr yr enw.

Ac, yn wir, nid oedd yn gynnig mor wirion â hynny. Wedi byw yno am ychydig, daeth i wybod i sicrwydd y gallai fod yn agored i'r gwynt a'r glaw gan ei fod yn wynebu'r gorllewin. Ond câi hefyd ei gysgodi rhag oerfel gwynt y dwyrain gan fryncyn yr ardd gefn, ac ar dywydd braf câi holl heulwen y prynhawn a'r hwyr.

Gwenodd Alun arni tra tynnai Mr Lewis ar ei getyn yn aros ei gyfle i'w goleuo ar y pwnc; gwyddai Alys o'r gorau nad oedd dim byd gwell ganddo na rhoi rhywun ar ben ffordd. Dyna a wnâi drwy'r dydd gyda'i gwsmeriaid, tybiai hi, y tu ôl i ddrws caeëdig stafell rheolwr y banc ym mhentref prysur y chwarel lle y magwyd hi.

Yn yr un modd, a pharthed yr un testun fel y digwyddodd hi, roedd ar ben ei ddigon rai blynyddoedd yn ddiweddarach pan ofynnodd Saran iddo am help gyda'i phrosiect ysgol, ond rhaid cyfaddef i hynny fod yn hwyl i'r tri ohonynt, taid, Saran a hithau ac, yn ei hachos hi, yn foddion i'w chodi allan o'r tŷ ar foreau Mercher yn ystod y gaeaf canlynol, a thymor ar ôl tymor wedi hynny, i ddilyn cwrs ar gulfor y Fenai yn Adran Efrydiau Allanol y coleg.

'Rywbath ar hanes lleol mae Mr Jones eisio,' meddai Saran ar ôl yr ysgol un diwrnod, gan grychu'i thrwyn.

'O ia, wir? Haws deud na gneud, yn tydi?' atebodd hithau heb godi'i llygaid oddi ar daenu'r Marmite yn denau ar y darnau tost ac yn gobeithio, gydag iddi yngan y geiriau, nad oedd Saran wedi dehongli'r tinc beirniadol yn ei llais fel sen ar ei hanfarwol Mr Jones.

Ofn oedd y tu ôl i'w hymateb. Panic y byddai'n siomi Saran, ac o flaen ei llygaid gwelai wynebau deallus y rhieni roedd hi newydd eu gadael y tu allan i ddrws yr ysgol, pobl y colegau a fyddai'r munud hwnnw'n byrlymu o syniadau wrth y bwrdd te.

'Mam, sgin ti syniad i mi? Plîs?'

'Ofynnwn ni i Dad pan ddaw o adra.'

'Fydd hynny'n rhy hwyr, ti'n gwbod yn iawn. Ac eniwe, syms mae Dad yn lecio'u gneud. Dwi am fynd i ffonio Taid,' ac i ffwrdd â hi at y ffôn ar y wal, gan ddeialu'n ofalus ar flaenau'i thraed.

Doedd dim rhaid i Alys glustfeinio; roedd Humphrey Lewis yn dipyn o waeddwr ar y ffôn. A fedrai hi ddim llai na gwenu wrth glywed Saran yn swnio'n fwy a mwy rhwystredig fel yr âi'r sgwrs yn ei blaen.

'Wel, rŵan 'ta,' meddai'r llais yn y pen arall ar ôl gwrando ar y cais, 'dwi am roi cwis i ti. Wyt ti'n barod am y cwestiwn cynta?'

'Yndw.'

'Reit, wel dyma fo i ti. Be 'di dy enw llawn di?'

'Saran Lewis, siŵr.'

'Ia, da iawn. A faint ydi d'oed di?'

'Naw.'

'Marcia llawn eto. A lle wyt ti'n byw?'

'Bryn Gorad, Bangor, Gwynedd, Cymru, Prydain, Ewrop, y Byd, y Bydysawd.'

'Rargian annwyl, ara deg, ara deg! Dechreua eto, os gweli di'n dda. A gan bwyll!'

'O, Taid! Bryn Gorad, B—'

'A dyna ni!'

'Dyna ni be?'

'Dyna'r ateb i ti, 'raur bach. Gorad. Dechrau wrth dy draed, yndê?'

Wedi hynny gyrrai Mr Lewis y ddeng milltir o bentref y chwarel yn bur reolaidd i arolygu'r cywaith, ac unwaith neu ddwy daeth ei wraig, Leila, gydag o, er mwyn cael troi heibio am sgwrs gyda'i hen ffrind ysgol, Hanna, cymydog agosaf Alun ac Alys. Model o'r gored oedd i gael y lle canolog ac nid tan yn hwyrach, wedi cwblhau'r campwaith hwnnw, y gwnaed y mymryn o waith ysgrifenedig gyda chymorth llyfr o lyfrgell y dref, sef rhestr daclus o bysgod y Fenai. Yna ychwanegwyd lluniau ohonynt. Ymgollai Saran am oriau wrth fwrdd y gegin gyda'r rheini a'i thafod allan rhag ofn mynd dros y lein wrth eu lliwio; gwneud lluniau a pheintio oedd ei phethau erioed. Ond mynd dros ben llestri oedd tynnu rhestr mor faith, yn ôl taid, achos y pysgod lleiaf fel y gorbenwaig, neu'r sbrats, fel yr esboniodd ymhellach, a gâi eu dal yn yr argae yn bennaf.

Ar wahân i'r clai o liw tywod yr aeth Alys a Saran i'r

dref i'w brynu, dibynnwyd ar Mr Lewis i ddod â gweddill y defnyddiau crai ar gyfer y gored, sef matsys glân i'w plannu fel polion ar hanner tro yn nhywod y clai, ac yna'r sbils main i'w plethu fel gwiail rhyngddynt. A chafwyd y pleser o lunio ail fodel, llai amrwd o'r hanner, pan ddifethwyd y cyntaf braidd wrth i Mr Lewis, yn ei frwdfrydedd, fynnu ei sticio ar waelod y sinc mewn ymgais i roi gwers enghreifftiol: agorodd y tap yn araf nes bod y dŵr yn cyrraedd dros dop y polion matsys, gan beri i Saran, yn y cyfamser, baratoi peth wmbredd o belenni bach papur a'u taflu i'r dŵr. Yna tynnodd y plwg.

'Reit, mae'r llanw'n mynd allan rŵan. Weli di be sy'n digwydd?'

Ac yn ffodus er llwyddiant yr arbrawf, wrth i'r dŵr lifo allan drwy hidlen y 'gwiail' daliwyd nifer o'r pysgod papur yn y trap.

Beth amser yn ddiweddarach, yng ngwyll y llenni tywyll yn un o'i dosbarthiadau bore Mercher, ymsythodd Alys yn ei chadair pan ymddangosodd llun o safle'r gored ar y sgrin, ffotograff o Gored y Gut wedi'i dynnu o'r awyr, a'r camera o'i uchelder wedi llwyddo i ganfod ôl ffurf yr argae yn y llaid, siâp y methodd llygaid Saran a hithau ddod o hyd iddo wrth grwydro'r traeth. Sylweddolodd ei fod gymaint yn fwy nag oedden nhw erioed wedi'i ddychmygu wrth boetsian yn y gegin, ac y dylent hefyd fod wedi gosod y polion matsys ar fwy o dro hirgrwn nag o hanner cylch.

Bu'r darlithiau hynny'n agoriad llygad iddi ar lawer ystyr. Roedd y tiwtor yn gymeriad: hanesydd o ran hyfforddiant a oedd wedi tueddu'n fwyfwy tuag at astudiaethau môr oherwydd ei sgiliau plymio. Traddodai

15

ar wib wyllt, gan gymaint ei hoffter a'i wybodaeth amlochrog o'i faes llafur. Ofnai Alys y byddai ar goll – dyna'i menter cyntaf i'r stafell ddosbarth ers dyddiau ysgol – ond roedd rhyw agosatrwydd yn ei ddull a wnaeth iddi deimlo'n gyfforddus a buan y daeth i arfer â chyflymdra'i hathro heintus o frwd, digrif hefyd ar brydiau, a hudai'i wrandawyr ar hyd llif dyrys yr afon ac i lawr i ddyfnderoedd ei fforestydd gwymon, tir hela lliwgar, ysblennydd y pysgod, ac i waelodion y gwelyau sbwng a dderbyniai'r llongddrylliadau a'u heneidiau coll i'w côl.

Weithiau gadawai ei bentwr nodiadau i ddweud stori o ddiddordeb dynol wrthynt, hanes digwyddiad trychinebus, efallai, un o'r lliaws oedd ar gael am foddi a suddo. Egwyl fach fwriadol, o bosib, i'w gynulleidfa – o wragedd tŷ fel hithau, gan fwyaf – ar ôl gweinyddu dos go gryf o ddeunydd arbenigol. Roedd ganddo brofiad hir o blymio i wely'r afon i archwilio mwy nag un ysgerbwd llong, a rhoddai hynny ryw ddimensiwn ychwanegol i'r adrodd, yn nhyb Alys, wrth iddi wylio'r cerdded dramatig yn ôl ac ymlaen a'r fflach yn y llygaid y tu ôl i'r sbectol drwchus.

Ac eto, doedd hi fawr o feddwl chwaith, wrth groesi'i choesau a phlethu'i breichiau ac ymroi i wrando ar y storïwr – neu'r cyfarwydd, fel y syniai hi amdano – y byddai'r traethu am yr holl golli bywyd yn aros mor hir yn ei chof. Ac ymhen blynyddoedd yn atgyfodi mor fyw o rywle i feddiannu'i meddwl pan oedd hi wedi'i llethu gan euogrwydd, gan y teimlad o fod yn ddiwerth, cyfnod yr hunllefau pan freuddwydiodd unwaith ei bod yn ymlusgo ar hyd waelod tywodlyd yr afon yn chwilio am ei chorff ei hun.

Y rhan fwyaf o'r amser, fodd bynnag, safai'r tiwtor yn llonydd wrth ei ddesg i daflu lluniau ar y sgrin neu i barablu'n ddi-baid, a'i wefusau wedi'u diffinio'n daclus gan dyfiant ei farf o'u hamgylch. Ar y diwrnod cyntaf roedd map anferth ar y mur i gyfeirio ato a bwriodd iddi heb hel dail. Roedd hi'n barod i gymryd nodiadau, ond rhoddodd ei phensel yn ôl yn ei phoced gan fodloni nad oedd dim byd amdani ond ceisio cofnodi wedi mynd adref, orau y gallai un nad oedd erioed wedi meddwl yn nhermau llinell sail a chebl, gwrhyd a milltir fôr.

*

Gellir cyffelybu'r Fenai a'i llanwau cymhleth i afon sy'n rhedeg mewn dau gyfeiriad, gan droi o chwith rywle rhwng Biwmares a Bangor. Nid afon yw hi, wrth reswm, ond culfor, er, yn ôl rhai, dau ddyffryn afon oedd yno ar un adeg, un yn mynd tua'r de-orllewin a'r llall tua'r gogledd-ddwyrain, dau ddyffryn a unwyd pan gododd lefel y môr oddeutu diwedd Oes yr Iâ. Â damcaniaeth arall â ni ymhellach yn ôl eto mewn amser drwy awgrymu i'r Fenai gael ei chafnio'n uniongyrchol gan yr iâ mewn cyfnod cynharach yn y Pleistosen.

Sut bynnag am hynny, y Fenai neu afon Menai yw'r enw ar y culfor bas o ddŵr heli sy'n gwahanu Ynys Môn oddí wrth dir mawr Cymru. Y mae bron yn ddeunaw milltir o hyd ac yn ymestyn o Abermenai yn y de-orllewin hyd at Benmon yn y gogledd-ddwyrain. (Ac yn hyn o gyfeiriad y mae'n dilyn y gogwydd Caledonaidd, nodwedd ddaearegol a ddaeth i fod, os cofiwch chi, ar ddiwedd y cyfnod Silwraidd.)

Abermenai yw'r enw ar y fynedfa gul lle mae pwynt mwyaf deheuol Ynys Môn yn estyn ei grafanc tua thrwyn Belan yn Arfon gyda'i forder o fur caerog (sy'n edrych fel tegan ond a fwriadwyd gan yr Arglwydd Newborough yn amddiffynfa go iawn rhag Napoleon) dim ond pedwar can llath, neu ddau gebl, i ffwrdd. Llifa peth wmbredd o ddŵr drwy'r bwlch hwn, boed lanw neu drai. (Mewn gwirionedd, oherwydd patrwm y llanwau, daw mwy fyth o lifeiriant yn ei ôl ar hyd y Fenai gyda'r trai nag a ddaeth i mewn iddi gyda'r llanw.)

Yn y pen arall y mae Penmon a bae agored Biwmares. A thua'r canol, yn y filltir gyfyng rhwng y ddwy bont, y mae Pwll Ceris dyrys, brochus.

*

Lluchiodd Alys weddillion y coffi llugoer dros y wal derfyn a throi'i chefn ar y dŵr i syllu ar Fryn Gorad yn ei lonyddwch cysglyd, ei furiau tywyll heb eto gael eu bywiogi gan yr haul. Hoffai feddwl ei fod wedi'i adeiladu o wenithfaen y chwarel lle bu'i thad yn gweithio am flynyddoedd, yr un garreg lwyd ag oedd ar y rhes o dai chwarel y magwyd hi ynddi. Edrychai'n dŷ clyd, solet, fel ei hargraff gyntaf ohono ar y diwrnod pan ddaeth Alun a hithau i gael te yn nhŷ Hanna: y portsh gwydr yn ei dalcen, y stafell fyw a'i dwy ffenestr fawr, ffenestr Ffrengig a ffenestr fae, yn ymestyn ar hyd ei du blaen, a'r to'n codi'n dri phig del uwchben ffenestri'r tair llofft ffrynt.

Doedd dim golwg fod neb yn symud yno a phenderfynodd roi rhywbeth callach am ei thraed a gwneud tipyn chwaneg yn yr ardd. Hi oedd y pen garddwr, ac wedi bod erioed, o ran plannu a chwynnu, a go brin y byddai'n tarfu ar gwsg neb pe bai'n mynd i'r

18

ardd gefn i orffen tocio'r deiliach yn y fan honno. Byddai'n fodlon wedyn na sylwai neb fod unrhyw esgeuluso wedi bod, ac yn enwedig felly Dora, chwaer Alun, a'i safonau uchel, na fu draw o Swydd Henffordd ers tro byd ac a fyddai'n siŵr o lygadu popeth wedi dod.

Doedd y gefnen ddim yn lle addas i dyfu na llysiau na blodau arni, ond roedd y llwyni rhododendron wrth eu bodd yno a'u brigau'n mynnu cyfyngu ar y llwybr igam-ogam a ddringai drwy'r coed. Agorodd Alys y siswrn tocio, gan ddechrau tacluso o'r gwaelod i fyny. Wedi cyrraedd y brig o'r diwedd eisteddodd i gael ei gwynt ati ar y fainc a osodwyd yno flynyddoedd ynghynt ganddynt er mwyn cael hoe i fwynhau'r olygfa o'r afon dros ben to'r tŷ. Trodd ei phen am funud i gael sbec ar dai'r cymdogion agosaf i lawr yn y pant yr ochr arall i'r bryn, tai braf, mwy newydd, o bobtu'r ffordd ddistaw a gâi'r fantais o heulwen y de ond dim golwg o'r dŵr fel y câi Bryn Gorad ar ei silff o dir. Tynnwyd ei sylw at symudiad cyflym yn y tŷ nesaf ati: llenni llofft gefn yn cael eu hagor. Roedd hi'n bryd i Miss Manw Parry ffyddlon, ddiwyd fynd i lawr i baratoi brecwast i'w ffrind, Miss Hanna Thomas, trefn feunyddiol ddi-feth er bod y ddwy bellach dros eu pedwar ugain.

Erbyn iddi ddychwelyd i'r gegin roedd Saran a Gwen wedi codi. Sylwodd arnynt ar unwaith drwy'r hatsh wydr rhwng y gegin a'r stafell fyw. Roedd drysau'r ffenestr Ffrengig ar agor ganddynt ac eisteddent ar y stepan yn eu denims, wrthi'n cribo cotiau golau, cyrliog Macsi a Pero, a'r ddau gi bach fel ei gilydd yn gorwedd yn ôl yn ddiog ym mreichiau'u meistresi. Safodd am ennyd yn gwylio'r olygfa, Saran a'i gwallt cringoch crych, cwta, a Gwen a'i thresi brown, syth yn gorffwys

19

am ei gwar, a'r naill yn troi at y llall bob yn hyn a hyn i wneud rhyw sylw, am y cŵn, tybiai Alys. Roeddynt yn enethod tal. Hyd yn oed o'u gweld ar eu heistedd gellid dweud hynny; roedd cefnau pobl dal ganddynt wrth blygu dros eu tasg.

'Bore da, chi'ch dwy,' gwaeddodd Alys, gan agor yr hatsh. 'Ydach chi 'di cael brecwast?'

'Naddo, siŵr. Bore da, Mam. 'Rhen betha bach del 'ma sy'n dŵad gynta, ti'n gwbod yn iawn,' meddai Saran, gan wenu'n fwriadol ysmala arni a chodi i fagu Pero.

Daliodd Alys ei gwynt. 'Felly dwi'n gweld,' meddai. Roedd yn amlwg oddi wrth y powlenni bach plastig hwnt ac yma ar y lawnt fod y cŵn wedi cael eu gwala.

Roedd wrthi'n tynnu'i hesgidiau oddi am ei thraed pan ddaeth Saran drwodd i'r gegin.

'Dwi'n gweld rŵan lle mae 'Noc Martens i 'di mynd!' meddai, gan roi Pero i lawr.

'Maen nhw'n handi iawn i mi yn yr ardd.'

'Wyt ti 'rioed 'di bod yn garddio! Ers pryd wyt ti 'di codi 'ta?'

'Ers hydoedd.'

'Methu cysgu'n poeni am heno? Hei, *cool it*, Mam!'

Dechreuodd Alys estyn y llestri o'r cwpwrdd.

'Er, mae'n rhaid i mi gyfadda, dwi'n cofio poeni'n ofnadwy cyn 'y mharti pen blwydd i pan o'n i'n fach,' meddai Saran. 'Ofn na fasa neb yn mwynhau'i hun. Ac eto fydda pawb yn deud mai'u parti gora nhw oedd o.'

'Yr ardd oedd y dynfa, dwi'n meddwl,' meddai Alys, ac yn sydyn roedd y gegin yn llawn o blant yn gweiddi ac yn gafael yn ei gilydd, wedi gadael y bwrdd i ruthro am y drws cefn ac i fyny'r ardd lle roedd hi wedi treulio rhan helaeth o'r bore'n cuddio'r 'trysor', a daeth lwmp i'w gwddw.

'Hai, Alys, 'chi'n iawn?' meddai Gwen wrth ddod i'r gegin a Macsi'n ei dilyn. 'Hwyliwn ni'r brecwast tra ych chi'n mynd lan i wisgo.'

'Swnio'n gynnig da iawn i mi, Gwen,' atebodd Alys, gan roi'r tegell ymlaen.

'Dos yn dy flaen 'ta, Mam.'

'Iawn. Jest hannar munud. Waeth i mi roi syrpreis i dy dad drwy fynd â panad i fyny iddo fo.'

Bu Gwen yno ddwywaith neu dair bellach gyda Saran. Yn wir, doedd Saran ddim wedi dod adref ar ei phen ei hun ers amser. Ar un wedd, bu hynny'n fendith; o flaen rhywun dieithr roedd yn haws gan Alys gogio'i bod hi'n teimlo'n iawn. Ni ddywedasai ddim wrth Saran am y pwl o iselder ac roedd wedi siarsio Alun yntau i gadw'n ddistaw; pan fethodd â mynd i'w harddangosfa hi yn yr oriel yng Nghaerdydd yn yr hydref, roedd hi wedi rhoi'r argraff mai'r ffliw oedd arni. Yn allanol, gobeithiai nad oedd dim modd dweud arni nad oedd wedi bod yn dda. Roedd wedi teneuo, gwyddai hynny oddi wrth ei dillad, ond doedd dim gweddnewidiad dramatig wedi digwydd; un fechan, denau fu hi erioed. A pha'r un bynnag, pan ddeuai'r ddwy draw roedd Saran ar ormod o frys i ddangos gogledd Cymru i'w ffrind i sylwi llawer ar ddim arall. Roedd yr ardal yn newydd i Gwen. Gweithiwr cymdeithasol yn Llundain oedd hi, ac wedi'i magu yno, ond roedd gwreiddiau'i rhieni yn y de ac at wahanol berthnasau yn ne Cymru yr aent ar eu gwyliau bob blwyddyn pan oedd hi'n blentyn.

Petai Saran wedi dod adref y Nadolig mae'n bur debyg y byddai wedi gwawrio arni nad oedd dim cymaint o hwyl ag arfer ar ei mam, ond, am y tro cyntaf erioed, ni ddaethai. Cyhoeddodd ryw fis ynghynt fod Gwen a hithau wedi penderfynu treulio'r ŵyl yn helpu i roi bwyd a lloches i drueiniaid y ddinas mewn rhyw hen garej bysys anferth, a noswyl Nadolig roedd hi wedi ffonio i ddweud y byddai ar y teledu fore trannoeth yn sôn ychydig am waith yr elusen, a bu'r codi'n gynnar i'w gwylio yn ddechrau cyffrous i'r diwrnod. Ond wedi hynny roedd y gwacter yn waeth, yn enwedig gan fod Alun wedi rhoi gwybod i Dora, a hithau a Rhys, ei gŵr, wedi rhoi caniad iddyn nhw gydag i Saran orffen i ddweud mor effeithiol oedd hi a'u bod wedi gwneud fideo o'r cyfweliad i ddangos i nain a taid yn ddiweddarach. Ac roedd Lowri, eu merch, wedi rhoi'i phig i mewn, a chariad Lowri hefyd cyn diwedd y sgwrs, a phan roddwyd y ffôn i lawr roedd Bryn Gorad i'w glywed yn ddistaw iawn. Doedd hi ddim fel Dolig o gwbl, dim byd tebyg i'r prysurdeb a fyddai yno pan ddeuai rhieni Alun atyn nhw bob blwyddyn ar un cyfnod, cyn iddyn nhw symud i fyw yn nes at Dora, a'i mam hithau hefyd gyda nhw tan y diwedd, a ffrindiau ysgol Saran yn taro i mewn ac Alun yn trefnu'r siarâds a'r chwaraeon.

Teimlai Alys fod rhyw fwlch wedi tyfu rhyngddi hi a'i merch, a hwythau wedi bod mor agos erioed, wedi treulio oriau yn sgwrsio yn y gegin o bobtu'r stôf. Am fywyd myfyrwyr ar un adeg, pan oedd Saran yn y coleg celf yn Camberwell. Eisteddent dan berfeddion yn ystod wythnosau hamddenol y gwyliau hir pan oedd digonedd o amser i siarad, ac Alys wrth ei bodd yn clywed am y cwrs ac yn falch o weld y fflach yn llygaid ei merch wrth iddi sôn amdano. Peth braf oedd gweld rhywun yn cael blas ar fyw. A theimlai Alys ei hun yn rhan o'r cynnwrf wrth glywed am y math o fywyd y bu'n dyheu amdano ei hun ar un tro, ond, fel y digwyddodd pethau, ni wireddwyd mo'r freuddwyd honno. Mwynhâi edrych drwy nodlyfrau Saran gyda hi, gan drafod rhai o'r brasluniau ynddyn nhw, a gwrando arni'n dynwared ambell ddarlithydd, a chael hanes y partïon a'r dawnsfeydd. A'r carwriaethau, wrth gwrs. Cawsai glywed am y rheini er dyddiau'r Chweched ac wedi hynny, yn y flwyddyn rydd cyn mynd i'r coleg, pan ddychwelodd Saran o'i chyfnod yn Ffrainc a'r tâp o ganu Jacques Brel yn llenwi'r tŷ am hydoedd. Yn wir, ymffrostiai Alys yn dawel fach nad oedd dim, dim oll, na allai Saran ddweud wrthi. Doedd hi'i hun ddim wedi gallu siarad am bopeth gyda'i mam a phenderfynasai nad felly y byddai hi rhwng ei merch a hithau. Weithiau rhoddai Alun ei ben rownd drws y gegin gan godi'i aeliau a dweud, 'Girl talk? Nos da, 'ta. Dwi'n gwbod fy lle,' a diflannu i'r gwely, ond gwyddai Alys na theimlai allan ohoni mewn gwirionedd. Câi grynodeb o'r hanes ganddi toc yn seiat gysurlon y sgwrs obennydd.

Ar ôl dyddiau'r coleg ymhell, daethai Saran adref yn un swydd un tro i fwrw'i chalon pan aeth pethau o chwith rhyngddi hi a'r cyfreithiwr hwnnw a fu'n aros ym Mryn Gorad fwy nag unwaith. Tipyn o smŵddi, yn nhyb Alys, rhywun y byddai'n well ganddo'r math o gymar a fyddai'n llai o gystadleuaeth iddo, a rhyfeddai hi na fyddai Saran wedi gweld hynny o'r dechrau. Ond doedd dim cysuro arni.

'Yli, Alys,' meddai Alun yn y gwely un noson, 'fedri di neud dim mwy na gwrando. Mae'r rhan fwyaf o bobol yn gorfod mynd drwy dorcalon fel 'na yn eu bywyda a does 'na ddim llawer fedar neb arall ddeud na gneud ond cynnig ysgwydd i grio arni.'

Ar y pryd teimlai Alys na allai ddioddef rhagor o'r wylo dagrau ac o'r sesiynau trafod diderfyn arbennig hynny, ond yn awr hiraethai am agosrwydd yr ymgomio gynt nad ymddangosai fod byth gyfle iddo y dyddiau hyn.

'Waw!' meddai Alun, gan agor ei lygaid. 'Ydw i'n breuddwyddio 'ta be? Panad yn y gwely a dynes dlos mewn cimono'n gweini arna i? Mae'r gora eto i ddod, mae'n rhaid.'

'Dipyn o eli i'r galon, i ti gael dŵad atat dy hun yn ara deg. Paid â meddwl y cei di aros yna'n hir, chwaith.'

'Faint o'r gloch 'di?' a gafaelodd Alun yn y cloc larwm. 'Dim ond chwarter i saith!'

'Ia, dwi ar 'yn ffordd i fachu'r stafell molchi,' a gosododd Alys y te yn ofalus wrth ochr y gwely.

'Be sy haru ti? Gynnon ni hanner awr eto cyn amser codi. O'r mawredd! Faint fynnir o amser! Do'n i'm yn cofio am funud 'mod i 'di ymddeol.'

''Na fo, ti'n gweld, ti'n dechra' mynd yn anghofus yn barod,' a chwarddodd wrth gychwyn am y drws.

Cydiodd Alun yn ei llawes. 'Tyd yn ôl i'r gwely, 'raur. Mae angen dipyn o fwythau arna i ar ddiwrnod fel heddiw.'

'Hei, paid â bod yn wirion,' meddai, gan dynnu'i hun yn rhydd, 'a mae Saran a pawb 'di codi.'

'Esgusion, esgusion,' meddai Alun, yn estyn am ei de. 'Wyt ti'n cofio'r misoedd ar fisoedd rheini pan oedd yr hen un fach yn deffro'n fora, fora ac yn dŵad i'r gwely aton ni?'

'Ac wedyn y blynyddoedd o orweddian yn ei gwely tan amser cinio yn ystod gwylia'r coleg?'

'A rŵan, y ci bach 'na, debyg, oedd eisio sylw?'

Oedodd Alys am funud, a'i llaw ar y drws. Roedd ar fin cytuno a dweud ei fod fel plentyn iddi, ond penderfynodd ymatal.

Hi oedd yr olaf i gyrraedd y bwrdd brecwast wedi'r cyfan. Arhosodd yn hwy yn y bàth nag a fwriadai, yn meddwl am hyn a'r llall: sut y byddai'n ymdopi ynghanol twr o bobl unwaith eto, y cymdogion a chydweithwyr Alun; a Tilda hefyd; byddai'n rhyfedd gweld Tilda eto.

Styriodd unwaith a chodi ar ei heistedd wrth glywed Alun yn gweiddi ei bod hi'n hir iawn.

'Fydda i allan rŵan,' meddai ond, pan atebodd yntau yr âi i'r gawod lawr grisiau, gorweddodd yn ôl unwaith eto.

Dora oedd wedi perswadio Tilda i ddod, reit siŵr, meddyliodd. Roedd Dora'n gwneud mwy efo hi. Ac wedi trefnu'u bod nhw'n aros yn y gwesty bychan pum munud i fyny'r ffordd rhag gwneud gormod o drafferth. Efallai'n wir fod Alun wedi rhoi awgrym ar led nad oedd hi wedi bod yn dda.

Pan ddychwelodd i'r llofft wag roedd y ffenestr yn llydan agored a gwelai fod bwrdd brecwast wedi'i osod yn yr ardd, yn y pen draw wrth y wal lle roedd hi'n heulog, y tu hwnt i gyrraedd amlinell cysgod pigau'r to a orffwysai'n dywyll ar y lawnt. Roedd hi'n araf yn penderfynu beth i'w wisgo, ac erbyn iddi fynd i lawr roedd Alun a'r genod eisoes yn eistedd wrth y bwrdd. Oedodd ar y teras bychan y tu allan i'r ffenestr Ffrengig yn gwylio'r tri yn siarad ac yn chwerthin, Gwen â phapur a phensel yn ei llaw fel petai'n gwneud nodiadau a'r ddau gi bach yn aros gerllaw, yn effro i bob symudiad a'u pennau'n dilyn y sgwrs. Roedd rhyw awyrgylch o wyliau yn yr olygfa: y bwyta yn yr awyr agored ac Alun, oedd fel arfer mor dwt, wedi taro hen siorts glan-y-môr amdano a chrys llewys byr. A doedd dim sŵn yr un drws yn rhoi clep o fewn y tŷ, er bod pob ffenestr led y pen; anaml y caniateid y fath benrhyddid mewn llecyn mor agored i awel y môr.

'A! Dyna ti, cariad,' meddai Alun wrth sylwi arni'n cerdded tuag atynt, a chododd i estyn cadair yn nes at y bwrdd iddi. ''Dan ni newydd fod yn gweithio allan raglen y dydd, pwy sy'n gneud be, a phryd, yn lle'n bod ni'n sathru ar draed ein gilydd.'

'O, reit.'

Ar draws y dŵr roedd glanfeydd preifat y tai wedi dod i'r amlwg ar eu hyd yn y trai, a'r cwch bach nwyfus yn gorwedd ar ei ochr ar y mymryn o draeth mwdlyd, fel pysgodyn hanner marw.

'Ac wedi dŵad i'r casgliad,' clywai lais Alun yn dweud, 'mai'r genod a finna sy'n cael y fraint o fod yn sgifis y bore 'ma ac mai ti, 'raur, sy'n cael mynd allan i siopa am y manion munud ola.'

Ar un tro byddai wedi bod yn rhyfedd meddwl am Alun yn ymorol am fân orchwylion cadw tŷ. Alun, a oedd wedi arfer gadael popeth o'r fath iddi hi, wedi edrych arni erioed fel yr angel yn y tŷ – un o ymadroddion Saran oedd hwnnw – a doedd ganddi hithau ddim cweryl â'r sefyllfa. Ond yn ystod y gaeaf diwethaf roedd wedi cymryd mwy arno'i hun. Crefodd arni, i ddechrau, i gael rhywun i mewn i'w helpu hi gyda'r glanhau ond gwrthodai hithau; roedd yn well ganddi gael y lle iddi'i hun i gael gwneud fel a fynnai. Ar ôl hynny, gwnâi Alun fwy yn y tŷ pan fyddai galw ac âi i siopa ar benwythnos iddi. A, bendith ar ei phen hi, âi Manw Parry i nôl pa neges bynnag ganol yr wythnos. Ymddangosai wyneb y bwten wrth wydr y drws cefn fel yr eisteddai Alys yn y gegin. Dim ond picio draw i ddweud ei bod yn mynd i'r dref ac oedd yna rywbeth y câi ei nôl? Taro i mewn heb i Hanna wybod, tybiai Alys, wedi synhwyro bod rhywbeth yn bod efallai, a Hanna'n rhy fyfïol i sylwi. Gwerthfawrogai Alys y cymwynasau dirgel hynny achos, petai Hanna wedi dod i amau, fel hen nyrs byddai wedi mynnu bod Alys yn mynd at y meddyg heb ddim lol, rhywbeth y bu hi'n awyddus i'w osgoi os oedd modd yn y byd.

''Dan ni angen chwaneg o stwff i'r salads, Mam,' meddai Saran, gan dywallt sudd oren iddi. 'Mae Gwen 'di gneud rhestr i ti.'

Neithiwr roedd y genod wedi sôn yr aen nhw i siop y grîn-groser yn y bore gan eu bod wedi gwirfoddoli i baratoi'r saladau, a byddai'n gyfle i gerdded y cŵn yr un pryd. Ond roedd Alun yn y cyfamser, debyg, wedi penderfynu y gwnâi fwy o les iddi hi fynd. Roedd hi'n dal yn gyndyn o adael y tŷ ac roedd ystrywiau fel hyn yn rhan o'i ymdrech i'w chael hi i ddod ati'i hun. Meddyliai weithiau fod yr holl syniad am y parti yn rhan o'r un cynllwyn. Roedden nhw wedi arfer bod yn groesawgar bob amser, ond doedd hi ddim wedi gallu meddwl am wahodd neb draw ers misoedd ar fisoedd, a phan ddechreuodd Alun sôn am gael parti ymddeol daeth i amau'n syth mai dyfais ydoedd i geisio'i chael hi i ystyried y posibilrwydd. Oherwydd, er y mwynhâi Alun gael ffrindiau i mewn, doedd o ddim yn un i gynnal y math o sbloet fawr a fyddai'n tynnu sylw ato'i hun. Mwy tebygol o lawer oedd ei fod yn gobeithio na fyddai hi'n gallu gwrthod ei foddio ar achlysur go bwysig yn ei hanes.

Ond dyfalu oedd hynny. Roedden nhw wedi mynd i'r arfer o gadw hyd braich, a'i bai hi oedd hynny.

Rhaid cyfaddef, fodd bynnag, ei bod wedi cael rhywfaint o fwynhad yn cynllunio'r arlwy a'i baratoi ymlaen llaw yn gymaint â phosib, cael nod i anelu ato. Ac er mai dim ond nod dros dro oedd o, ysgogiad a âi heibio, roedd y profiad dieithr iddi'r dyddiau hyn o edrych ymlaen at y dyfodol, agos neu bell, wedi rhoi mesur o foddhad.

'Reit, dyna hynna 'di setlo,' meddai Alun gan estyn at y tost.

'Ac fel mae'n digwydd, Alun Lewis,' meddai hithau'n chwareus, 'ro'n i'n gorfod mynd allan p'run bynnag i gael gneud 'y ngwallt, felly mae'r trefniant yn berffaith gyfleus i mi.'

O fewn yr awr cerddai Alys ar hyd troad y dreif gan siglo'i basged raffia yn ôl ac ymlaen. Ar y dde iddi roedd y rhes o goed ffawydd tal ac yna top wal lôn y gorad, fel y cyfeirid ati, a oedd o'r golwg i lawr yn y ceunant. O'i blaen agorai'r giât lydan ar groesffordd ddistaw lle roedd y tai eraill. Brysiodd yn syth ar ei thraws ac i fyny'r allt i gyfeiriad y clwstwr o siopau, gan feddwl tybed oedd hi eisoes wedi ymddangos ar sgrin Hanna a Manw. Felly y syniai am ffenestr-bictiwr eu parlwr byth er pan âi'r ffordd honno i gyfarfod Frank. Bryd hynny, oherwydd lleoliad eu tŷ, am y clawdd â giât Bryn Gorad, gwnâi euogrwydd iddi ddychmygu am y ddwy fel gwarcheidwaid yn cadw llygad barcud arni, yn enwedig Hanna, a fyddai'n fwy tebygol o fod yn y parlwr. Ymddeolodd Hanna'n gynnar o fod yn fetron mewn ysbyty fawr ym Manceinion ond roedd rhywfaint o awdurdod y swydd yn dal i lynu yn ei hymarweddiad. Ac eto roedd wedi cael ei siâr o ramant, fel yr hoffai roi ar ddeall, a daliai i wisgo'i modrwy ddyweddïo, ond ar ei llaw dde, y fodrwy garned hardd a roesai Leslie Pugh iddi.

Perthynai o bell i fam Alun ac, fel Mrs Lewis, hanai o Fôn a thrwyddi hi y daethpwyd i wybod bod Bryn Gorad ar werth, ffrwyth galwadau ffôn oddi wrth Leila Lewis ynglŷn â bwriad Alun ac Alys i briodi ac am iddi gadw'i chlustiau ar agor am rywle i fyw iddynt, gan fod Alun wedi cael swydd yn adran ariannol y coleg, lle'r arhosodd am rai blynyddoedd cyn agor ei swyddfa ei hun. Yn fuan, gwahoddwyd y pâr ifanc i de, a Mrs Lewis gyda nhw, er mwyn cael golwg ar y tŷ wrth ei hymyl hi oedd newydd ddod ar y farchnad. Nid bod Alun ac Alys yn chwilio am dŷ, fel y cyfryw; meddwl am fflat oedden nhw mewn gwirionedd, gan nad oedd Alun ddim ond newydd ddechrau ennill cyflog wedi blynyddoedd o goleg a hyfforddiant, ond fel arall y digwyddodd hi.

'Mae 'na dipyn o waith gneud i fyny arno fo, cofiwch, yn does Manw?' meddai Hanna wrth i Manw ddod â'r jŵg dŵr poeth i mewn a'i osod ar ben y bwrdd lle roedd Hanna'n llywyddu.

'Duwcs, côt o imylsion ac mi altrith ar unwaith,' meddai Manw'n glên.

Un o Fôn oedd hithau ond ym Manceinion y daethent yn ffrindiau pan oedd y ddwy'n gweithio yno, er nad oedd byth sôn am beth yn union oedd gwaith Manw. Tybiai Alys mai howsgiper oedd hi, a barnu oddi wrth y graen a roddai ar y tŷ, ond bod dynes yn dod i mewn i'w helpu bellach. Fel howsgiper y clywsai Hanna'n cyfeirio ati yn nhŷ cymydog un tro, ond nid yng ngŵydd Manw chwaith. Yn wir, amrywiai'r enw a roid ar y berthynas yn ôl y cwmni roedd Hanna ynddo ar y pryd, weithiau'n howsgiper, dro arall yn gompanion ac unwaith, mewn swper nos Calan yn un o'r tai ymhellach draw – roedd yn stryd lle roedd bron pawb yn cynnal rhyw firi blynyddol ond yn gwneud fawr ddim mwy â'i gilydd weddill yr amser – digwyddodd glywed Hanna'n esbonio wrth newydd-ddyfodiaid mai dwy ffrind oedden nhw, gan ychwanegu gyda chwerthiniad nwyfus, 'Ffrindiau henffasiwn, wrth gwrs.'

'Cwpwl wedi mynd yn fusgrell braidd oedd yn byw yna,' esboniodd Manw, 'a'r lle wedi mynd yn drech na nhw, 'ddyliwn, neu felly 'dan ni 'di cael ar ddeall.'

Doedd dim llawer er pan oedd y ddwy wedi symud i'r ardal bryd hynny, yn nes at eu gwreiddiau gwledig ond yn dal o fewn cyrraedd cyngherddau a dramâu a'r ffordd o fyw a oedd wrth fodd Hanna.

'Ond mae o'n dŷ da, ysti, Leila,' ychwanegodd Hanna, fel petai'r ddau ifanc ddim yn bod.

Teimlai Alys fod pethau'n cael eu penderfynu drostynt, yn enwedig pan gododd Mrs Lewis o'r bwrdd yn reit sydyn ar y diwedd a dweud, 'Dowch o'na, hogia bach, i ni gael ei weld o.'

'Gadwch iddyn nhw fynd eu hunin gynta, Leila,' meddai Hanna'n annisgwyl. Er nad oedd ond ychydig dros ei hanner cant yn y dyddiau pell hynny, roedd ei gwallt wedi'i glymu'n ôl yn llym ond roedd fflach bywiog, chwareus yn ei llygaid a gwisgai ffrog haf ddeniadol o batrwm coch tywyll a gwyn a'r fodrwy garned ar ei bys yn cydweddu'n effeithiol â hi. 'Cyfle i ninna' gael sgwrs yn y stafell nesa, Leila, er mwyn i Manw gael llonydd i glirio'r bwrdd. Gawn ni faddeuant gynnoch chi am y tro, yn cawn ni, Manw bach?'

Cafwyd stori'r fodrwy a Leslie Pugh gan fam Alun ar y ffordd adref yn y car, fel y bu Hanna ac yntau'n canlyn am yn hir ac yn sôn am briodi ond yn fuan ar ôl y dyweddïad newidiodd Hanna'i meddwl, neu, o leiaf, felly roedd Leila Lewis yn rhyw amau. Ond y stori fel yr adroddid hi gan Hanna, meddai, oedd ei bod wedi cael agoriad llygad brawychus pan oedd y ddau'n aros yn ei hen gartref un tro, wedi mynd yno i ddangos y fodrwy i'w thad a oedd yn weddw ers ychydig dros flwyddyn. Un bore, wrth weld Leslie'n hwyr braidd yn dod am ei frecwast, roedd hi wedi mynd i fyny'r grisiau ac wedi rhoi'i phen rownd drws y llofft a'i ganfod ar lawr yn cael ffit.

'Lwcus mai nyrs oedd hi,' meddai Alys.

'O, wnaeth y nyrs ddim byd, dim ond cau'r drws yn ddistaw ar ei hôl, meddai hi. Wrth gwrs, i fod yn deg, byddai nyrs fel hi'n gallu gweld ei fod yn dod ato'i hun. P'run bynnag, chymerodd hi ddim arni o gwbl fod yn dyst o'r peth. Dim ond deud wrtho, ymhen amser, ei bod wedi dŵad i'r penderfyniad mai'i lle hi oedd aros yn sengl er mwyn ymorol am ei thad.'

'A thraed oer oedd hynny, dach chi'n meddwl?' gofynnodd Alys.

'O, Mam, chwarae teg, rŵan!' meddai Alun yn ddiamynedd.

Roedd wedi bod yn ddistaw am hydoedd y tu ôl i'r llyw. Tybiai Alys ei fod eisoes yn breuddwydio am Fryn Gorad fel hithau, ac eto roedd darn ohoni'n mwynhau eistedd yn y cefn gyda Mrs Lewis yn gwrando ar yr hanes. Roedd yn rhan o'r broses o ddod i berthyn i deulu'r Lewisiaid.

'Wel, ella 'mod i'n rong, Alun bach,' meddai Mrs Lewis, 'a dwi'n cyfadda fod pobol yn meddwl ddwywaith ynglŷn â phriodi mewn achos fel 'na bryd hynny, ond yn sicir ddigon roedd ei thad yn ddyn indipendant iawn ac yn edrych ar ôl ei hun yn *champion*. A pheth arall, ro'n i'n ei chael hi'n anodd iawn i goelio fod Leslie'n epileptig ac yntau'n cael reidio moto-beic. Felly dwi'n ei gofio fo 'rioed, yn ei fenig mawr a'i gogls. Ond pawb ŵyr ei betha, yntê? Athro hanes yn un o ysgolion Manchester oedd o. Bachgan neis iawn, ac mi gafodd yr hen Hanna gadw'r fodrwy gynno fo.'

Rai blynyddoedd yn ddiweddarach, pan oedd hi'n feichiog gyda Saran, roedd Alys wedi cael gweld lluniau o ddyn y gogls un prynhawn pan oedd Hanna ar wella o anhwylder bach a hithau wedi mynd i gadw cwmni iddi tra oedd Manw yn y dref.

'Fydd hi ddim yn lecio bod ei hun pan fydd 'na rywbath arni,' esboniodd Manw pan ddaeth draw i ofyn y gymwynas.

Er difyrrwch, roedd Hanna wedi gofyn iddi fynd i estyn albwm o'r drôr yn y biwro er mwyn iddi gael gweld lluniau o Alun yn fabi ynddo.

'I chi gael eidîa be i ddisgwyl,' meddai gan wenu.

Dyna oedd yr esgus, beth bynnag, ond treuliwyd y rhan fwyaf o'r amser yn edrych ar luniau o Leslie Pugh.

Leslie ar ei feic modur, a'r seidcar yn wag wrth ei ochr yn aros i Hanna neidio i mewn iddo, dychmygai Alys, i fynd am sbinsan, a'r gwynt yn ei gwallt. Mewn llun arall roedd mewn *plus fours* a sanau patrymog, yn eistedd yn goesgroes ar borfa garegog – yn Loggerheads, esboniodd Hanna â thinc atgofus yn ei llais – ac yn dal ei ddyweddi mewn ystum mwy lluniaidd yn ei gôl. A llun o'r ddau yn eistedd ar fainc parc yn rhywle, yn edrych yn ddwys, Hanna mewn ffrog olau ac esgidiau golau sodlau uchel strap ar draws, a Leslie, mewn siwt y tro hwn, wrth ei hochr, un fraich iddo'n gorffwys ar ei lin a'r llall o'r golwg y tu ôl i Hanna a'r llaw yn pwyso, nid ar fraich ei gariad, ond ar fraich gwafriog y fainc. Hanna wedi estyn y farwol iddo erbyn hynny, tybed? Neu, o leiaf, Leslie'n ymwybodol ei bod ar y ffordd.

Roedd Alys wedi mynd o gyrraedd ffenestr-bictiwr Hanna ers meitin ac wedi dod at y siopau bach oddeutu'r ffordd fawr yn y rhan uchaf o'r dref. Barnai fod ganddi amser i fynd draw at y grîn-groser cyn mynd i gael trin ei gwallt. Doedd yna fawr o gwmpas yn prynu gan fod y flwyddyn golegol drosodd a'r myfyrwyr wedi mynd adref, ac ni fu'n hir yn dewis y perlysiau ac ati a oedd mor hanfodol i ryseitiau salad y genod ar ben popeth arall roedd hi wedi'u hel i'r tŷ eisoes. Roedden nhw'n ddigon ysgafn yn ei basged, beth bynnag, y rheiny a'r gellyg a gymerodd ei ffansi a chodi chwiw sydyn ynddi i wneud un pwdin bach ychwanegol gyda nhw fel bod ganddi ddigon o bethau melys i'w cynnig amser swper.

Roedd hi'n siop mor dawel y dyddiau hyn o'i chymharu â fel roedd hi rai blynyddoedd ynghynt pan ddigwyddodd gyfarfod Frank yno, os digwydd hefyd. Bryd hynny siop Cledwyn oedd hi, yn llawn i'w hymylon o ffrwythau a llysiau. Prin y byddai lle i sefyll rhwng yr haen ar haen o focseidiau, gan gynnwys yr ecsotig ambell dro, yn y cyfnod cyn i ddyfodiad yr archfarchnad gyfagos wneud yr amheuthun yn bethau bob dydd. Yn sgil y gystadleuaeth aeth y busnes i lawr a, maes o law, newidiwyd dwylo ac arallgyfeiriwyd. Roedd y perchnogion newydd yn dyner ac yn fawr eu gofal, yn wahanol iawn i Cledwyn, a gwerthid yr ychydig ffrwythau a llysiau, rhai organaidd yn bennaf, yng ngheg y siop ond tua'r cefn gosodwyd silffoedd cul i ddal rhesi trefnus o feddyginiaethau amgen yr hoffai Alys bori ynddynt weithiau, ond nid heddiw pan oedd ei hamserlen yn llawn. Diolch byth nad oedd yno neb a adwaenai i'w chadw i siarad, a diolchai'n arbennig nad oedd Frank yno, er nad oedd wedi disgwyl am funud y byddai. Rhyfedd fel y dymunai osgoi rhywun y bu'n gobeithio'i weld ar un tro.

Cyrhaeddodd y salon trin gwallt mewn da bryd ac wrth fynd i'w sedd o flaen y drych i aros am Karen, y rheolwraig, gwelai mai Mr Chan y siop sglodion oedd yn y gadair nesaf a'r rholeri perm yn dynn am ei gorun. Daliai lyfr yn agored yn ei law a'i lygaid yn craffu ar y tair colofn fân o sgript Tsieineaidd ar y ddalen, a dangosai'r drych y clawr meddal llachar, rhamantus.

Cododd ei ben wrth iddi eistedd a gwenodd yn rhadlon.

'Hylô, mae'n braf,' meddai'n fyngus a siriol.

Roedd yn gymeriad ffeind. Aent i'w siop yn aml pan oedd Saran yn fach a gwallt Mr Chan yn syth, ac yng nghyfnod prosiect y gored cofiai fel y tynnodd y poster o bysgod y môr oddi ar y wal a'i gyflwyno i Saran, a edrychai fel petai hi wedi cael teyrnas yn anrheg.

'Be 'dan ni am neud heddiw, Alys?' gofynnodd Karen wrth ymddangos yn y drych. ''Dan ni am drio rhywbath gwahanol? *Change* bach ar gyfer y parti 'ma sgin ti heno?'

'Bobol bach, dach chi'n cael gwbod popeth yn fan hyn!'

Gwenodd Karen arni. 'Miss Thomas ddeudodd ar y ffôn. Hi a Miss Parry 'di bwcio i mewn pnawn 'ma.'

Siop Karen oedd un o'r ychydig lefydd nad oedd Alys wedi peidio â'i fynychu yn ystod y misoedd diwethaf. Roedd rhywbeth yn ddiogel ac anuniongyrchol yn y cyfathrebu drwy gyfrwng y drych. Nid oedd yn gofyn gormod ganddi; y hi oedd hi ac eto nid y hi. Ac wedi'r cyfarchion arferol a'r siampwio âi Karen yn ei blaen yn hapus, fel y gwnaeth yn awr, i adrodd saga barhaus ei theulu wrth yr wyneb yn y drych.

Fesul tipyn gadawodd Alys i'w meddwl grwydro'n ôl i'r diwrnod pan gyfarfu Frank yn y siop lysiau a waeth cyfaddef na pheidio bellach iddi fynd yno gan obeithio taro arno, ond ar y pryd roedd ei chymhellion yn llai clir iddi. Prin ei bod yn ei adnabod. Doedd dim cymaint â hynny o amser er pan symudodd i'r ardal ac ymuno â chwmni o benseiri yn y dref yn yr un stryd â swyddfa Alun; ei wraig, Barbara, ac yntau wedi dod o ddinas brifysgol yng nghanol Lloegr – doedd hi ddim yn siŵr pa un – pan benodwyd Barbara i swydd dda yn ei maes yn Ysgol Gwyddorau Biolegol y coleg.

Roedd wedi'i gyfarfod ddwywaith neu dair ar achlysuron hanner ffurfiol, ond heb erioed fod yn ei gwmni am unrhyw hyd. Y tro cyntaf iddi sylwi arno oedd mewn cinio i ddathlu agor adeilad newydd yn perthyn i'r coleg, adeilad y bu Alun ac yntau'n gysylltiedig â gwahanol gamau yn ei ddatblygiad, Frank mewn ffordd ymarferol ac Alun fel aelod o bwyllgor. Digwyddodd ei llygaid grwydro yn ystod un o'r areithiau a'i ganfod yn syllu arni. Roedd cysgod gwên yn ei drem a chawsai'r argraff ei fod wedi bod yn aros, yn ewyllysio, fel petai, am iddi droi'i phen i'w gyfeiriad. Meddyliodd am eiliad y dylai fod yn ei adnabod, ond yna gwawriodd arni mai'r tebygrwydd i'r actor Robert Redford oedd yn cyfrif am hynny a theimlai ei bod wedi cochi fel geneth ysgol wrth droi'i golygon yn ôl at y siaradwr.

Ond ystyriai mai'r cyfarfyddiad yn y siop oedd y foment ddiffiniol. Bore Sadwrn oedd hi, a phur anaml yr âi hi i siopa ar fore Sadwrn; fel arfer hoffai'i orffen ar ddydd Gwener. Ond y bore hwnnw aeth i nôl un neu ddau o bethau o siop y grîn-groser, efallai – doedd hi ddim yn siŵr – oherwydd rhywbeth y cofiai i Barbara ei ddweud rai nosweithiau ynghynt yn ystod cyngerdd yn y coleg a'r ddwy wedi cael eu hunain yn sefyll nesaf at ei gilydd wrth aros am goffi yn yr egwyl. Dim ond sylw wrth fynd heibio oedd o, un a gadarnhaodd ei hargraff o Barbara fel dynes drybeilig o drefnus yn y lle cyntaf ac a blannodd yn ogystal, o bosib, ryw syniad arall, annelwig, yn ei phen.

'Be ti'n feddwl ddeudodd y Barbara 'na wrtha i heno, Alun?' meddai wrth i'r ddau gerdded adref. 'Oeddan ni 'di mynd i drafod gwahanol siopa bwyd, am ryw reswm, y lle gora am hyn a'r llall ac yn y blaen, a dyma finna'n sôn am siop ffrwytha Cledwyn i fyny'r lôn fel lle da. O, mi roedd hi'n gwbod am fanno, medda hi. Un o jobsys Frank ar fora Sadwrn oedd mynd yno i brynu'r ffrwytha *citrus* am yr wythnos.'

'Da iawn y fo, mae o'n siampl i ni gyd,' meddai Alun.

'Paid â'i gym'yd o mor bersonol,' meddai hithau gan roi pwniad chwareus iddo. 'Nid dyna 'mhwynt i. O'n i jest eisio chwerthin, dyna i gyd, i feddwl bod un aelod o'r teulu'n cael ei anfon i un siop i nôl un math o ffrwytha. O'n i'n teimlo fel gofyn, "O, ia? Ac i ble'r ewch chi am eich cabaitsh a'ch rwdins?" '

'Y meddwl gwyddonol, ti'n gweld,' meddai Alun gan wenu. 'Be 'di hi? Botanegydd?'

'Dwi'm yn siŵr. Rhywbath fel 'na.'

Wrth iddi nesáu at y siop y bore Sadwrn canlynol hwnnw, gwelai fod rhes o gwsmeriaid yn aros eu tro ac yn ymestyn allan i'r pafin. Adwaenai ambell un ond doedd Frank ddim yn eu mysg, hyd y gwelai. Wrth gwrs, efallai'i fod eisoes wedi bod ac wedi mynd a dechreuodd obeithio mai felly y bu hi; teimlai ei bod hi'n colli'i phlwc a wyddai hi ddim beth yn y byd mawr a ddywedai wrtho pe bai'n ei weld.

Daeth ei thro o'r diwedd, ac wrth dalu am ei neges ac aros am y newid digwyddodd sylwi ar lysiau dieithr iddi yn un o'r bocsys wrth y til.

'Be 'di'r rheina?' gofynnodd i Cledwyn.

'Be 'di be, del?'

'Y petha bach gwyrdd na'n fanna.'

'*Samphire*,' meddai Cledwyn dros y siop. Un fel yna oedd o. Wynepgoch, llond ei groen ac yn ffansïo'i hun fel tipyn o gymeriad.

'*Samphire*?' meddai hithau fel eco gwan ohono. 'A dyna sut betha ydyn nhw!'

'*Samphire*, llyrlys, chwyn hallt, cym'wch eich dewis!' meddai Cledwyn eto, fel dyn ffair. 'Wyt ti am eu trio nhw?' ac estynnodd am fag papur llwyd.

Petrusodd Alys.

'Ryw dro arall, Cled,' meddai, gan gadw'i newid yn ei phwrs a dechrau gwthio'i ffordd allan. Chwiliai am rysáit yn rhywle, meddyliodd, a phrynu rhai pan ddeuai Saran adref o'r coleg. Byddai'n ddiwedd tymor yr haf cyn bo hir.

Ar ei ffordd allan sibrydodd llais yn ei chlust, 'Maen nhw'n tyfu yn Sir Fôn,' a chafodd fraw o weld mai Frank oedd yno. Roedd busnes y llyrlys wedi mynd â'i bryd a doedd hi ddim wedi edrych ar neb wrth frysio heibio'r ciw y tu ôl iddi. 'A' i â chi yno,' meddai, gan adael ei le a'i dilyn at ddrws y siop er mwyn parhau'r sgwrs.

'A finna'n meddwl nad oeddan nhw ddim ond yn tyfu ar greigiau Dover,' meddai hi, yn hanner chwerthin.

Cododd Frank ei aeliau.

'Dach chi'n cofio'ch *King Lear*?' herciodd yn ei blaen, gan glywed ei llais yn mynd yn llipa. 'Disgrifiad Edgar o'r —?'

Roedd hi'n gwneud ffŵl ohoni'i hun, meddyliodd, yn dweud peth mor hurt, rhywbeth oedd yn iawn rhwng ffrindiau oedd yn deall ei gilydd, ond nid fel arall. Byddai Saran wedi deall, wrth gwrs.

Ceisiai cwsmer arall fynd i mewn i'r siop.

'Peidiwch â cholli'ch lle,' meddai Alys, gan gychwyn oddi yno wysg ei chefn.

'A' i â chi i'w gweld,' meddai Frank eto cyn diflannu i mewn i'r siop. Am yr hollbwysig orenau ac ati, dychmygai Alys wrth fynd yn ei blaen.

Rhwng popeth, cofiai, roedd ei phen yn troi wrth gerdded adref y bore hwnnw, yn gymysgedd o gynnwrf ac embaras: fel y synnai Saran glywed bod Cled yn gwerthu *samphire*; a'i fod hefyd i'w gael ym Môn, ond erbyn meddwl, efallai na fedrai ddadlennu hynny wrthi gan y byddai'n rhan o ryw gyfrinach oedd ar fin datblygu. Doedd hi ddim yn hollol siŵr, wrth gwrs, ond ar y pafin y tu allan i'r siop roedd hi wedi bod yn hanner ymwybodol mai math o agorawd oedd yr esgus sôn am y llyrlys a'i hymateb nerfus hithau, y camau cyntaf petrus mewn gêm o wyddbwyll.

I sadio'i meddwl roedd hi wedi rhoi tasg fecanyddol i'w hymennydd drwy geisio dwyn i gof union eiriau'r Edgar y bu mor wirion â'i grybwyll. Medrai adrodd yr araith ar ei hyd un tro, pan oedd Saran yn y Chweched a *King Lear* yn un o'i thestunau Lefel A. Mrs Llwyd, ei hathrawes, wedi'i gosod fel yr adroddiad Saesneg yn eisteddfod yr ysgol i'r plant hŷn, a Saran awydd rhoi cynnig arni. Bu'r ddwy'n ymarfer am nosweithiau yn y gegin nes ei bod hithau, yn sgil ei swydd fel cofweinydd, yn gwbl hyddysg erbyn y diwedd.

Fesul pytiau y daeth y geiriau yn eu holau i ddechrau. Chwyrlïent yn ei phen cyn dod o hyd i'w llefydd yn nhrefn naturiol eu llinellau. Roedd yn ddisgrifiad mor fyw o'r olygfa o'r clogwyn uchel ger Dover y tyfai'r llyrlys ar ei wyneb serth, mor graffig, yn wir, nes bod Saran wedi cael ei hysbrydoli i wneud llun ohono ar gyfer ei phortffolio Celf, darlun mwy manwl-gywir ei arddull na'r un o'i thirluniau diweddarach, yn ôl yr hyn a welodd Alys o'i gwaith coleg.

'Wrth gwrs, mi wyddoch o'r gorau, gobeithio,' oedd ymateb pryfoclyd Mrs Llwyd, digon i wylltio Saran pan aeth i ddangos y llun iddi, 'mai celwydd golau ydi disgrifiad Edgar o'r olygfa. Doedd yno ddim clogwyn o'i flaen, dim ond tir gwastad, dyna ydi'r holl bwynt. Twyllo'i dad dall, Gloucester, oedd o.'

A'r rhan honno o'r ddrama y bu Saran a hithau'n ei thrafod yn arbennig ar y ffordd adref yn y trên ar ôl bod yn y theatr yn Llundain. Cyn gynted ag y clywodd Saran fod Anthony Hopkins yn chwarae'r Brenin Llŷr, doedd byw na marw na châi fynd i'w weld ac aeth Alys gyda hi i berfformiad prynhawn Sadwrn yn Chwefror. Doedd Mrs Llwyd ddim am fentro cyn belled gyda'r dosbarth; cadwai'n ddi-sigl at yr egwyddor o un trip haf mewn bws i Stratford ac ar wahân i hynny, yn ôl ei disgyblion, ystyriai mai'r profiad theatrig gorau a gaent oedd ei chyflwyniadau dramatig hi ei hun o fewn pedair wal y stafell ddosbarth.

Doedd dim pall ar y siarad am y rhan fwyaf o'r daith yn ôl. Roedden nhw wedi mwynhau'r diwrnod gymaint: yr awr neu ddwy o gwmpas y siopau yn gyntaf, yna'r cinio ym mwyty'r theatr, a'r olygfa o'r adeiladau mawreddog ar lannau Tafwys oedd i'w gweld oddi yno, a Hopkins yn herio'r storm ar rostir eang y llwyfan. Roedd y rhain i gyd yn destun sgwrs ddifyr rhyngddynt. Yna, ymhen sbel, fel roedd Alys ar fin mynd i slwmbran cysgu, roedd Saran wedi gofyn, 'Ti'n gwbod y darn 'na lle mae Edgar yn disgrifio'r olygfa o ben y dibyn? Ti'n cofio?'

'Wrth gwrs. Sut gallwn i anghofio?'

'Yn hollol! Oeddat ti'n sylweddoli, gyda llaw, dy fod ti'n gneud siâp ceg efo'r actor, yn union fel roeddat ti efo fi pan o'n i'n deud adnod yn capal erstalwm?' A chwarddodd y ddwy.

'Wedi mynd i ysbryd y darn, ti'n gweld,' atebodd Alys. 'Wedi mynd i gredu fod y dibyn yno pan oedd 'no 'run.'

'Dim ond dibyn y meddwl, yntê, yn ôl Mrs Llwyd, mi roedd hwnnw yno, y math o ddibyn all ein hwynebu ni i gyd, medda hi,' a thynnodd Saran wyneb difrifol. 'Gawson ni dipyn o rwdl gynni hi'r wsnos dwytha 'ma am hyn'na. "Dwnjwn y meddwl," medda hi, a chnocio'i thalcan efo'i dwrn,' a dechreuodd Saran ei dynwared. ' "Yr hen Gloucester wedi dod i ben ei dennyn ac am daflu'i hun dros y dibyn," medda hi, "ac Edgar eisio dysgu gwers iddo fo, dangos iddo fo nad optio allan ydi'r ffordd, ydach chi'n gweld, ond yn hytrach dal ati. Dal ati fel Lear," a dyma hi'n codi o'i chadair i daranu un o areithia Lear dros bob man a dechra waldio'r awyr fel 'dwn i'm be, fel hyn,' a chwifiodd Saran ei breichiau. '*Move over, Anthony Hopkins*! Tasa hi 'mond yn gwbod mor pathetig mae'n edrych.'

Gwelodd Alys fod y dyn mewn tipyn o oed ar draws y gangwe yn gwenu, wedi cael ei dynnu oddi ar ei syllu drwy'r ffenestr i'r nos gan ystumiau Saran.

'Mrs Llwyd druan. Fasa neb yn coelio dy fod ti'n reit hoff ohoni mewn gwirionedd,' meddai Alys gan estyn am ei phwrs. 'Dos i nôl panad i ni, del. Mae'n mynd yn reit oer ar y trên 'ma.'

'Iawn,' meddai Saran, 'mi a' i'n y munud, ond be o'n i'n mynd i ddeud wrthat ti oedd, na wnes i'm sylweddoli o'r blaen – wel, do siŵr, ond ddim sylweddoli'n iawn rywsut – nag oedd y dibyn ddim yno, ddim nes gwelis i'r hen ŵr dall, druan yn syrthio'n fflat ar ei drwyn. O'n i bob amsar 'di dychmygu'r traeth 'na'n bell, bell i lawr, y pysgotwrs yn y gwaelod yn edrych fel llygod bach, bla, bla, bla, ti'n gwbod, a'r dyn druan 'na hannar ffordd i lawr y graig yn casglu *samphire* – hei, sut betha 'di'r rheiny, ti'n gwbod? Fasa'n well o'r hannar tasa'r pry llwyd 'na'n deud petha fel 'na wrthon ni. Welist ti rai rioed?'

Ysgydwodd Alys ei phen.

'Ryw betha oedd yn dda i fyta yn oes Shakespeare, decini,' meddai.

'Yn goblyn o dda i fyta hefyd, faswn i'n ddeud, i fynd i beryglu bywyd fel ryw sbeidar-man i'w hel nhw.'

Parhaodd ei dryswch meddwl am beth amser wedi iddi gyrraedd adref y bore hwnnw o siop Cledwyn. Ni fu'n ddechrau addawol gyda Frank, ac eto roedd yn bur ffyddiog y clywai ganddo'n fuan. Rywbryd yn ystod y dydd pan fyddai hi yn y tŷ ar ei phen ei hun. Ond fel yr âi'r dyddiau heibio, a hithau heb glywed yr un gair, aeth i amau. Beryg ei fod wedi ailfeddwl, a chafodd fymryn o hwyl am funud yn chwarae â'r syniad y byddai'n ofni'i bod hi'n ormod o sgolor, fel ei wraig! Byddai hynny'n ddoniol. Hi o bawb! Cofiai fel roedd o wedi codi'i aeliau fel petai ganddo'r un clem am beth oedd hi'n siarad. Neu ai tybed nad oedd o ddim wedi'i chlywed yn iawn, ar fin y ffordd fel yna a'r traffig yn mynd heibio?

Bob tro y canai'r ffôn fe'i codai'n obeithiol, ond yna suddai'i chalon ar unwaith wrth dderbyn y negeseuon cyffredin, megis am fore coffi neu drefniant i fynd am heic gyda'r criw merched yr ymunai â nhw o bryd i'w gilydd.

Cafodd ysgytwad un gyda'r nos pan gyrhaeddodd Alun adref a dweud iddo gael caniad gan Frank yn y swyddfa: Barbara ac yntau'n cynnal swper ac yn gobeithio y gallai Alys ac yntau ddod draw ar y noson a'r noson gan roi dyddiad oedd tua thair wythnos i ffwrdd. Parodd hynny benbleth iddi. Pam gwneud yn siŵr ei fod yn siarad ag Alun, a dim ond Alun? Ai dyna ben arni ynteu beth? Teimlai ei bod wedi colli'r plot.

Y bore canlynol, a hithau wedi rhyw ddechrau tynnu llwch yn ddiafael oddi ar ddodrefn y stafell fyw, rhedodd i ateb y ffôn a chael mai Saran oedd yno o Lundain.

'Mam, be sy? Ti'n swnio fel tasat ti 'di siomi mai dy Sali Mali bach di sy ar y lein.'

'Paid â bod yn wirion. Ofni fod rhywbath o'i le o'n i. Dwyt ti'm yn arfar ffonio'n y bora fel hyn. Ydi'r arholiada'n mynd yn iawn?'

'Yndyn, dwi'n eitha bodlon efo sut mae pethau'n mynd hyd yn hyn.'

'Pryd fyddi di'n dŵad adra? 'Dan ni'n edrych ymlaen at dy weld ti.'

Doedd hi ddim eto wedi dweud wrth Saran am y llyrlys yn y siop. Bu'n chwilio'n ofer yn ei llyfrau am rysáit, ond daliai i gredu y câi'r wybodaeth o rywle mewn pryd i'w gosod ar y bwrdd i'w synnu pan ddeuai adref.

'Wel, dyna pam o'n i'n ffonio, a deud y gwir. Jest â marw eisio deud y newydd wrthat ti. Dwi 'di cael cynnig y swydd 'ma'n trefnu ffenestri siop,' a chrybwyllodd enw siop ddillad na olygai fawr ddim i Alys. 'Swydd dros dro, wrth gwrs, dim ond dros yr ha.'

'Pryd fyddi di'n dechra, 'ta?'

'Gyntad i'r coleg gau.'

Roedd clywed hynny'n ergyd.

'Ond, del bach, mi fydd angen gwylia arnat ti. Ti 'di bod yn gweithio mor galed.'

'Dwi'n gwbod, ond mae'n gynnig rhy dda, ti'n gweld, achos ella wnân nhw 'nghymyd i 'mlaen wedyn yn achlysurol a fydd hynny'n help mawr i artist stryffaglus, yn bydd?'

A dyna'r olaf o'r gwyliau colegol hir wedi mynd, meddyliodd Alys ar ôl iddi roi'r ffôn i lawr. Wrth gwrs, doedden nhw ddim yn mynd i fod yn hollol fel y gwyliau arferol p'run bynnag; roedd Saran yn gorffen yn y coleg yn gyfan gwbl yr haf hwnnw ac eisoes yn rhentu'r fflat y byddai'n ei droi'n stiwdio iddi'i hun cyn bo hir ond roedd hi wedi cymryd yn ganiataol – wedi bod yn dibynnu arno, yn wir – y deuai adref am ryw gymaint cyn dechrau ar ei gyrfa.

Ailgydiodd yn ei dwster. Bu'n gwagsymera ers rhai dyddiau ac roedd y jobsys yn y tŷ yn dechrau gweiddi am gael eu gwneud, ond teimlai'n ddi-ddim. Nid am y tro cyntaf meddyliodd tybed a wnaeth y peth iawn yn troi'i chefn ar fynd i'r coleg flynyddoedd yn ôl pan adawodd yr ysgol. Yn ddiweddar byddai wedi bod yn dda gan ei henaid pe bai rhywbeth wrth gefn ganddi i droi ato, rhyw alwedigaeth a âi â'i bryd.

Ac erbyn i Frank ddod ar y ffôn o'r diwedd roedd y tinc llawn bywyd wedi diflannu o'i 'Hylô? Bryn Gorad'. Adnabu'r llais yn y pen arall ar unwaith, er na ddywedodd Frank mo'i enw, a theimlai'i hun yn ymysgwyd. Roedd yn ddrwg ganddo, meddai, bu braidd yn brysur yn y gwaith ac i ffwrdd am rai dyddiau hefyd mewn cynhadledd, ond doedd o ddim am iddi feddwl ei fod wedi anghofio'i gynnig i fynd â hi dros y Fenai i Fôn. A wyddai hi am ardal Abermenai? Tybed a fyddai drennydd yn gyfleus iddi fynd yno? Golygai fod oddi cartref am ryw deirawr neu bedair gan fod cryn waith cerdded a byddai gofyn gwisgo esgidiau go gryf.

*

Daw'r llanw i mewn ddwywaith y dydd. (Chwaraeai saeth o heulwen ar sbectol drwchus y tiwtor wrth iddo ddechrau. Weithiau câi Alys ei hun yn meddwl tybed sut y gwelai hebddynt dan y dŵr a sut y deuai o hyd i'w ffordd drwy labrinth llongddrylliad; tybed a wisgai nhw ar ei drwyn o dan y gogls tanfor, gan smicio ar greiriau amgueddfa'r dwfn drwy ffenestri dwbl, fel petai.) Neu, a bod yn fanwl gywir, ddwywaith y diwrnod lleuadol, achos y mae rhywfaint dros ddeuddeng awr rhwng y naill lanw a'r nesaf. Ddwywaith y mis, fwy neu lai, adeg lleuad newydd a lleuad lawn, y mae'n llanw mawr (neu'n sbring, fel y dywed rhai), pan fo'r penllanw ar ei uchaf a'r distyll ar ei isaf, a dwywaith y mis, fwy neu lai, adeg blaen lleuad a chil lleuad, y mae'n llanw bach (neu'n nêp), pan fo'r penllanw ar ei isaf a'r distyll ar ei uchaf.

Ddwywaith y dydd lleuadol, felly, fe deithia'r llanw, bach neu fawr, i fyny Sianel Sant Siôr rhwng Cymru ac Iwerddon ar ei gwrs tua Bae Lerpwl. Er mwyn cyrraedd y fan honno y mae'n rhaid mynd heibio i Ynys Môn a chaiff ddewis o ddwy ffordd i wneud hynny, oherwydd yng nghyffiniau Bae Caernarfon daw cyfle i ymrannu ac i redeg ras ag ef ei hun, fel petai. Gwêl rhan ohono'r siawns i gymryd y ffordd agosaf, sef ar hyd y Fenai, ac y mae'n tywallt ei hun gydag asbri ar gyflymdra o bum milltir fôr drwy dwmffat Abermenai, ar frys mawr i gyrraedd y pen arall bron i ddeunaw milltir i ffwrdd ger Ynys Seiriol. Yn y cyfamser y mae'i ran arall yn rhedeg y ddeng milltir ar hugain o amgylch gweddill Ynys Môn i gyrraedd yr un man. Ras anghyfartal o edrych ar y map (ac adleisiau ynddi o stori'r ysgyfarnog a'r crwban).

Ac, yn wir, y mae'r mewnlif a ddewisodd y ffordd agosaf yn dechrau'n addawol iawn, yn pistyllio'n hyderus, afieithus drwy gulni dwfn (cymharol) Abermenai ac yn cael y fantais o hwb yn y pen ôl yn aml gan y prifwyntoedd de-orllewinol. Ond yna, tybed nad yw'n dechrau mynd i fwynhau'i hun yn ormodol wrth ymledu'n grand fel un o afonydd mawreddog America, gan anghofio bod fflatiau llaid i'w gorchuddio a banciau tywod swmpus i'w trin a'u trafod a'u hamgylchynu'n drafferthus i'r naill gyfeiriad a'r llall nes eu cuddio'n gyfan gwbl dan yr wyneb? Ac yn nes ymlaen, wedi mynd heibio i Bwll Fanogl (sy'n llawn dop o hen angorau pe baech yn plymio'r saith metr ar hugain i'w waelod) fe gwyd y gwely'n sydyn ac y mae gofyn gwasgu i mewn i Bwll Ceris (neu'r Swellies), stwffio i mewn i ganol main y peth-berwi-wy, fel petai, a dechrau brochi a chodi'n donnau a chreu parth unigryw o raeadrau llanwol bas, a chael enw drwg am droi fel chwrligwgan yn ddigon i draflyncu llongau (oni ddewisant eu hamser) neu dorri'u cefnau (yn enwedig ar y trai). Diau y cofiwch, wrth fynd heibio, fel y mae Lewis Morris yn ei *Plans of Harbours, Bars, Bays and Roads in St. George's Channel* (1748), a ailgyhoeddwyd gan ei fab, William, ym 1800, yn rhoi pwys mawr ar y *nick of time* wrth hwylio'r *Swelly*.

Serch yr holl weithgarwch prysur, y mae Pwll Ceris yn lle da i godi sbid hyd at wyth milltir fôr ar lanw mawr, ac, wele, y mae bae hyfryd Biwmares yn ddisglair yn y golwg o'r diwedd. Ond, ow, y mae'r amser wedi mynd, a'r llif a deithiodd y ffordd hir o amgylch Ynys Môn eisoes yn gwthio drwodd yn y pen acw rhwng Penmon a Seiriol. Byddai gobaith eto am gêm gyfartal oni bai am y graddiant gelyniaethus. Oherwydd, am ryw reswm, y mae'r llanw yn uwch ym

Mae Lerpwl nag y mae ym Mae Caernarfon. Y mae'r ffigurau'n ddigamsyniol ac i'w gweld ar ddu a gwyn: codiad y llanw mawr yn bum troedfedd ar hugain ger Ynys Seiriol a dim ond pymtheg troedfedd yn Abermenai (hen linell sail), deg troedfedd o wahaniaeth; yn ôl Peilot y Morlys, dim ond naw troedfedd yw'r gwahaniaeth ar gefn y sbring, sy'n ddigon agos; ac yna, os yw'n well gennych feddwl yn gysáct mewn metrau, amrediad cymedrig y llanw mawr ym Miwmares yw 6.9 metr, ac yn Abermenai 4.1 metr. Digon o dystiolaeth, felly, i gadarnhau bod y graddiant *yn* bod. A hwnnw, i raddau helaeth, sy'n sicrhau buddugoliaeth i'r llif a rowndiodd Ynys Môn a bod digon o bwysau y tu cefn iddo i wthio llif y Fenai yn ei ôl. Yn ôl tua'r canol drachefn, nes cyrraedd gosteg. Rywle ym Mhwll Bangor, fel y'i gelwir yn Siart y Morlys, y digwydd y canol llonydd (yr union fan yn ddibynnol ar gyfnod y llanw a chyfnewidiolion eraill). Yn y fan honno y mae'r ddau lif yn gytbwys lonydd am gryn hanner awr a mwy ac nid oes unrhyw symudiad ar wyneb y dŵr. Dim llif. Er bod lefel y dŵr yn dal i godi, nid oes dim llif llorweddol.

*

Deuddydd wedi'r alwad ffôn gan Frank, cafodd Alys ei hun yn cerdded i fyny at y ffordd fawr ac yn troi i'r dde, ei hesgidiau mawr a'i sanau tew ac ati yn y bag ar ei hysgwydd. Toc byddai Frank yn ei chodi yn y car yn ôl y trefniant. Nid oedd wedi cynnig dod i'r tŷ i'w nôl, dim ond gofyn ar ddiwedd y sgwrs ymhle câi o aros amdani. Ni wyddai sut i'w ateb am funud; roedd hyn i gyd yn newydd iddi a than y cwestiwn olaf bu'n sgwrs ddidaro, ddiniwed hyd yn oed, rhyw gadw addewid a dyna hi. Efallai nad oedd o'n rhy siŵr lle roedd Bryn Gorad, ond ni chynigiodd hithau roi'r cyfarwyddiadau iddo chwaith. Cofiai am ffenestr fawr Hanna a Manw a synhwyrai hefyd nad oedd yntau'n awyddus i gael ei weld yn dod at y tŷ; yn ddiamau, cyfrinach rhyngddyn nhw'u dau oedd y trip.

Dywedasai wrth Alun mai mynd am dro gyda'r criw cerdded arferol yr oedd hi, ac oherwydd iddi'u cymryd nhw'n esgus bu raid iddi dynnu'n ôl o'i hymrwymiad iddyn nhw yr wythnos honno. Ei chelwyddau cyntaf mewn cyfres.

'I ble'r ewch chi heddiw 'ma, 'ta?' gofynasai Alun amser brecwast.

'Dwi'm yn siŵr iawn. Rywla'n Sir Fôn, mae'n bosib.'

'O, ia.'

'Fyddwn ni'm yn penderfynu'n derfynol nes bydd pawb 'di cael deud eu deud cyn cychwyn. Am ragolygon y tywydd, o ble mae'r gwynt yn chwythu, pa blanhigion fydd ar eu gora yn y fan a'r fan –'

I beth oedd hi'n mynd ymlaen i falu awyr? Doedd dim rhaid iddi o gwbl. Doedd o ddim wedi gofyn iddi ymhelaethu a doedd dim rhaid iddi osgoi'i lygaid chwaith achos roedd o'n darllen y papur yr oedd wedi'i osod i bwyso yn erbyn y bowlen ffrwythau fel arfer, a'r gyllell yn ei law yn barod i bentyrru marmalêd ar y dafell dew o dost yn ei law arall, ac yn glanhau'r menyn oddi arni drwy stwffio'r llafn i mewn i drwch meddal y bara cyn tyrchu yn y pot, a'r cyfan heb dynnu'i lygaid oddi ar y print.

'Planhigion?' gofynnodd yn y man wrth ddechrau plygu'r papur yn ofalus. 'Sori, be ddeudist di?' Edrychodd ar ei watsh. 'Well i mi fynd. Mwynhâ dy hun, cariad,' meddai, gan roi cusan iddi. 'Wela' i chdi rhwng chwech a saith. Mae'n siŵr y bydd hi'n hynny arna i heno. Gin i ddiwrnod go wyllt heddiw.'

Gwelodd Alys y car isel glas tywyll drwy gil ei llygaid. Roedd Frank yno'n barod, felly, wedi cyrraedd yn fuan ac yn aros amdani i fyny ochr y lôn ar y chwith a arweiniai i mewn i'r briffordd. Rhoes blwc i'r bag ar ei hysgwydd a cherddodd yn ei blaen fel y cytunwyd.

Teimlai'n nerfus a phenysgafn pan lithrodd y limwsîn heibio iddi'n llyfn, gan stopio'n nes ymlaen a gosod ei hun i lawr yn glòs ar y tarmac, ei injan yn dal i redeg a'r gyrrwr i'w weld yn plygu ar draws y sedd flaen i agor y drws iddi. Citroën mawr henffasiwn, y cafodd gip arno eisoes fel y gyrrodd Frank allan o faes parcio'r coleg un tro. Y math o gar, yn rhyfedd iawn, oedd bob amser wedi cymryd ei ffansi. Roedd rhywbeth yn wahanol yn ei gylch. Yn ei hatgoffa o hipopotamws. Neu ai rhinoseros oedd hi'n feddwl? Allai hi byth gofio. Pa un bynnag ohonyn nhw, beth bynnag, a edrychai fel petai'n cyrraedd mewn pecyn ac wedi'i roi at ei gilydd gan amatur a fethodd gael y darnau i asio i'w lle. Anadlodd yr oglau lledr wrth suddo i'w sedd ac i ffwrdd â nhw yn eu blaenau, a thros y bont yn y man, gan droi i'r chwith tuag at ochr orllewinol Môn.

Ymhen amser, parcio'r car ar lain o dir oddi ar y ffordd fawr ger llyn bach brwynog. Diwrnod oer, heulog, gwyllt yn niwedd mis Mai oedd hi a doedd neb i'w weld o gwmpas wrth iddyn nhw newid i'w hesgidiau cerdded, yn eistedd hanner i mewn a hanner

49

allan o'r car a'u cefnau at ei gilydd a drafft o wynt yn eu chwipio. Cafodd hyd i bâr o fenig yng ngwaelod ei bag ers y gaeaf ryw dro, a meddwl y byddai waeth iddi'u gwisgo nes cael ei gwres a digon posib y byddent yn ddefnyddiol petai angen sgrialu drwy dir garw.

Dechrau cerdded wedyn rhwng dwy ffens wifrog, porfa agored ar y chwith iddynt a choedwig o binwydd tywyll, main ar y dde. Âi Frank o'i blaen gan droi i edrych yn ôl ambell waith i weld a oedd hi'n iawn. Ar brydiau roedd angen camu i lawr yn ofalus rhwng y darnau o graig ar draws y llwybr ac unwaith gafaelodd yn ei llaw i'w chynorthwyo, braidd gyffwrdd drwy faneg, cyn mynd ymlaen ar ei hynt. Siaradent yn ysbeidiol, y naill yn tynnu sylw'r llall at ryw flodyn gwyllt neu ôl traed adar ar dameidiau o bridd tywodlyd. Doedd y sgwrs ddim yn llifo, dim mwy nag yn y car ar y ffordd yno ond bod y daith drwy'r wlad a'r pentrefi wedi ennyn mân siarad digonol bryd hynny, ac yn awr doedd dim llawer o ots am ambell gyfnod tawedog wrth iddynt orfod cerdded fesul un nes cyrraedd ehangder y traeth.

Er bod yr holl dirwedd ar hyd yr amser y buont yn cerdded fel petai'n ymwybodol o bresenoldeb y môr yn rhywle, yn annisgwyl o sydyn, ar ôl tipyn o godiad tir y twyni, y daeth y bae i'r golwg yn y diwedd, y traeth hir a ymestynnai tua'r gogledd at Ynys Llanddwyn. Doedd hi ddim wedi disgwyl mai yn fanno yn union y byddai'r llwybr yn diweddu. Roedd yn olygfa gyfarwydd, un o hoff draethau Alun a hithau, ond eu bod wedi dod ato o ffordd arall heddiw. Yno y gwelodd Saran y môr am y tro cyntaf yn fabi, ac yno hefyd y cerddodd Alun a hithau ar eu Nadolig cyntaf ar ôl priodi a gweld rhyfeddod lleuad lawn a haul crwn y machlud yn yr awyr yr un pryd.

Roedd hi'n falch fod Frank yn troi i'r cyfeiriad arall, tua'r de, at ran o'r traeth oedd yn ddieithr iddi. Yma roedd y gwynt i'w hwynebau wrth iddyn nhw frasgamu ar hyd min y môr.

Oedd hi wedi bod yno o'r blaen? gofynnodd Frank, gan ddechrau chwifio'i freichiau'n ôl ac ymlaen a churo'i ddwylo.

'Na, 'rioed cyn belled ag Abermenai,' meddai. 'Dim ond pwynt grotésg ar y map ydi fanno i mi.'

'Mae gen i ofn na fyddwn ni ddim yn mynd cyn belled â fanno heddiw. Rhaid i ni droi oddi ar y traeth cyn hynny a mynd yn ôl dros y twyni,' a chydiodd yn sydyn yn ei llaw i'w thynnu i redeg ar hyd y tywod.

Toc arafodd er mwyn craffu ar linell hir y twyni i wneud yn siŵr ei fod wedi cyrraedd y lle iawn. Yna fe'i harweiniodd dros y gwrthglawdd o dywod ac ar hyd dryswch o lwybrau nes disgyn o'r diwedd i forfa eang.

Rywle tua'r canol daethpwyd ar draws y llyrlys. Gorweddent yn glystyrau isel, dinod ar y mwd moel, a hedodd meddwl Alys yn ôl at y llond bocs o'r pibelli gwyrdd, sgleiniog hynny yn y siop.

'Mae'n gynnar braidd iddyn nhw,' esboniodd Frank, fel pe bai'n darllen ei meddwl. 'Ddylid mo'u casglu nhw tan y dydd hira, fan gynta.'

Plygodd ar ei gwrcwd i gael gwell golwg arnyn nhw.

'Maen nhw'n dweud,' meddai, wrth ddadwreiddio darn bach, 'mai'r rhai gorau yw'r rheini sy'n cael eu golchi gan bob llanw, fel y rhai yn y siop, mae'n debyg, ond dydi hynny ddim yn digwydd i'r pethau bach yma.'

51

Cododd a chynnig y tamaid iddi a thynnodd hithau'i menig i'w dderbyn yng nghledr ei llaw.

'Ydi o'n dda i fyta fel ag y mae o?' gofynnodd Alys.

'Wrth gwrs. Mi wnâi salad di-fai a blas heli hyfryd arno. Neu,' ychwanegodd gan gymryd y darn o'i llaw gerfydd ei wraidd, 'mae'n bosib eu berwi am ychydig a'u trochi mewn menyn,' a rhoes y llyrlys yn ei geg a'i dynnu allan rhwng ei ddannedd fel petai'n dangos iddi sut i'w fwyta. 'Ga i faddeuant?' gofynnodd wrth ei daflu ar lawr.

Crychodd ei thalcen. 'Am be?'

'Wel, dwi'n cael y syniad,' meddai, gan wenu'n araf, 'y byddai'n well ganddoch chi fod wedi glynu am eich einioes ar ryw glogwyn yn rhywle i'w gweld nhw.'

Gwenodd hithau. Roedd wedi'i deall, felly, y diwrnod hwnnw y tu allan i'r siop. Neu, o leiaf, roedd o wedi pendroni dros yr hyn a ddywedodd hi, hyd yn oed efallai wedi mynd i drafferth i chwilio am y cyfeiriad, a daeth ton o foddhad braf drosti ei fod wedi treulio amser yn meddwl amdani.

'Fe welwch 'mod i wedi gwneud fy ngwaith cartref,' meddai, a'r wên yn parhau yng nghorneli'r llygaid glas, 'ac os caf i ddweud, er tegwch â mi fy hun, dwi'n deall y byddai'r planhigyn ar y graig wedi bod yn fath gwahanol i'r rhain.'

Edrychodd Alys yn syn arno.

'Wir?'

'Ond ta waeth,' meddai yntau'n sydyn, gan afael yn ei phenelin a dechrau'i harwain ar draws y morfa unwaith eto, 'rowch chi ail gynnig i mi? Wnewch chi adael i mi wneud iawn drwy fynd â chi i weld Abermenai?'

A cherddodd y ddau draw ar hyd yr unigedd cysgodol nes cyrraedd pen pellaf y morglawdd. Erbyn hynny roedd Alys wedi colli pob synnwyr am gyfeiriad. Dringodd Frank i fyny i ben y twyni o'i blaen hi fel petai arno eisiau cadarnhau yn gyntaf fod popeth yn dda y tro hwn, a safai yno'n syllu heb yngan gair na throi i gynnig help llaw iddi er ei bod hi'n llithro ar y tywod brau, cynnes, ac yn gorfod tynnu'i hun gerfydd y moresg i'r brig.

Doedd hi ddim yn barod am yr olygfa syfrdanol. Disgwyliai weld traeth helaeth fel cynt, ond doedd yno'r un. Dim ond llif cyflym y Fenai yn rhuthro heibio'n bwerus, a muriau Caer Belan ar y tir mawr gyferbyn megis tafliad carreg i ffwrdd. Aeth â'i gwynt yn llwyr. Yna dechreuodd chwerthin yn uchel gan sioc yr annisgwyl a throi at freichiau cynhaliol Frank.

Roedd Alys wedi bod mor bell i ffwrdd yn ei myfyrdodau nes iddi synnu'i bod hi wedi cyrraedd drws cefn Bryn Gorad. Cychwynnodd o siop Karen yn hunanymwybodol iawn oherwydd ei steil gwallt newydd, ond buan yr anghofiodd amdano wrth ailgydio yn ei hatgofion ar y ffordd adref. Fel arfer, ar wahân i'r tameidiau byr o gwmpas ei thalcen, gwisgai'i gwallt yr un hyd i gyd ond darbwyllodd Karen hi y dylai'i gael yn fwy cwta yn y cefn nag yn y tu blaen ac yn disgyn yn big bob ochr i'w hwyneb, a gobeithiai nad oedd o'n newid mor drastig ag y bu'n ei ofni i ddechrau.

'Da iawn Karen, ddeuda' i,' meddai Saran, gan ymddangos o'r hen dŷ golchi a safai'n groes i'r tŷ a rhoi tro o amgylch ei mam i weld y siâp o bob ongl. 'Yli, fedri di sbario munud i weld be dwi'n neud? A dwi'n gobeithio na cha i ddim ffrae gin ti am ddwyn gormod o dy floda di o'r ardd.'

Gadawodd Alys ei basged ar garreg y drws a dilyn Saran i'r tŷ golchi lle roedd trefniant mawr o flodau ac un arall ar ei hanner ar y llechen fawr wrth ochr y sinc ddofn, henffasiwn.

'Waw! Wyt ti 'di cael hwyl arni, Sar bach. A ddim yn rhy ffurfiol chwaith.'

'Mm,' meddai Saran, gan ddal ei phen yn gam i graffu ar ei gwaith. 'Ella'r a' i i mewn am *still life* ar ôl mynd adra.'

Arferai Alys gasáu clywed ei merch yn dweud 'adra' am unman heblaw Bryn Gorad y troeon cyntaf iddo'i tharo. A hyd yn oed yn awr, wedi hen ddygymod, a phan oedd yn rhaid iddi gydnabod bod y stafell wely gartrefol, lawn personoliaeth gynt i fyny'r grisiau yn edrych yn fwy fel llofft sbâr amhersonol na dim byd arall, nid âi'r gair heibio heb i'w meddwl ei nodi.

'Wnest ti'm gneud stomp yn yr ardd, naddo?'

'Naddo, siŵr. A ddoth Dad efo fi i oruchwylio, gelli di fentro,' meddai Saran gan ailosod brigyn oedd yn bygwth symud o'i le. 'Reit, coffi rŵan! Mae'r gweithwyr yn haeddu brêc.'

'Druan â chi, 'rhen betha bach i chi. Do'n i'm yn meddwl 'mod i 'di gadael gymint â hynny i chi neud, chwaith,' meddai Alys gan godi'r fasged a dilyn Saran i'r gegin.

'Mae Dad a Gwen ar ganol aildrefnu'r stafell fyw.'

'Felly dwi'n gweld,' atebodd Alys gan edrych drwy'r hatsh. 'Gobeithio nag ydyn nhw ddim yn codi gormod o lwch,' a brysiodd i weld drosti'i hun.

Roedd y lle wedi'i drawsnewid, gyda'r dodrefn canol y llawr wedi'u gwthio'n ôl yn erbyn yr ochrau. Fel rheol, roedd yr un stafell fawr wedi'i threfnu fel dwy ganddynt.

Ar y chwith i'r drws roedd rhan y lolfa, gyda chadeiriau esmwyth a soffa a chelfi pren rhosyn ei nain hwnt ac yma: y bwrdd Pembroke, fel y'i galwai, yn union y tu ôl i'r soffa, y gist ddroriau dan y ffenestr a'i chwpwrdd cornel yn uchel ar ongl y wal rhwng y ffenestr a'r lle tân. Ar y dde roedd y stafell fwyta, fel petai, rhwng yr hatsh a'r ffenestr Ffrengig, lle roedd yr hen fwrdd derw mawr hirgrwn a'r set o gadeiriau a brynodd Alun a hithau i fynd gyda'r ddresel pan etifeddwyd honno gan hen fodryb i Alun. Aethai blwyddyn a mwy heibio ers iddynt wahodd criw o bobl o'r blaen ac roedd hi bron wedi anghofio gymaint yn helaethach yr edrychai'r stafell pan oedd y llawr yn wag. A doedd y lle ddim yn edrych fel siop ddodrefn ail-law chwaith, gan fod Alun wedi gosod popeth fel petai yn ei briod le, gan gynnwys y bwrdd derw wedi'i gau'n hirfain dan yr hatsh. Yn amlwg roedd Gwen ac yntau'n tynnu tua'r terfyn, Gwen â dwster yn ei llaw yn tynnu llwch oddi ar y casgliad o luniau ar ben y gist ddroriau ac Alun yn sythu'r clustogau.

'Ydi 'nghof i'n dechra mynd, 'ta be?' gofynnodd Alun wrth ei gweld yn sefyll yn y drws. ''Dwn i'm be wnaeth i mi feddwl dy fod ti'n mynd i gael trin dy wallt bora 'ma.'

'Fyddech chi ddim yn gwbod hyn, Gwen, ond mae honna'n hen, hen jôc yn tŷ ni.'

'Mae'n edrych yn grêt, Alys. Siwto chi,' meddai Gwen.

''Dan ni'n siapio, ti'n meddwl?' gofynnodd Alun, gan wenu ac edrych o gwmpas y stafell.

Edrychai yn ei elfen, meddyliodd Alys. Roedd wastad wedi mwynhau paratoi ar gyfer cwmni. Hanai o deulu lletygar; dyna ran o swyn y Lewisiaid i Alys pan ddechreuodd Tilda a hithau ymgyfeillachu â Dora yn ystod eu hail flwyddyn yn ysgol sir y genethod yn y dref a mynd yn ymwelwyr cyson yn y tŷ uwchben y banc. Roedd rhyw saernïaeth atyniadol i dŷ oedd yn dechrau ar ben y grisiau ac yn ymestyn mewn hanner tro ar hyd un gornel o sgwâr pentref y chwarel. Ac er mai newydd symud i'r ardal yr oedd y teulu roedd cwmni yno'n barhaus: merched mewn hetiau smart yn cael te gyda Mrs Lewis, neu'r ysgolfeistr yn galw, cynganeddwr selog fel Humphrey Lewis, ac Alun yn dod â ffrindiau coleg adref i aros. I unig blentyn fel hi, a ddeuai o gartref distawach gan fod ei thad yn wantan, roedd yno awyrgylch o radlonrwydd iach.

'Coffi'n barod!' gwaeddodd Saran o'r gegin.

'Dim ond codi'r carpedi a mi fydda i yna,' gwaeddodd Alun yn ôl arni.

'Be?' meddai Alys. 'Ti 'rioed yn bwriadu i ni ddawnsio heno?'

'Pam lai? Ffocstrot neu ddwy? Dwi'n dal i allu llwybreiddio ar ddistaw duth, ysti.'

Doedd hi ddim wedi clywed hynny erstalwm. Eu hoff ddawns ar un tro oedd y ffocstrot. Ond roedd ei thu mewn yn dweud, Yli, dwi'm yn barod am hyn eto.

'Gad nhw am rŵan, Alun,' meddai. 'Fydd y llawr yn edrych yn foel hebddyn nhw. Gawn ni weld sut eith petha.'

Mater bach fyddai'u rholio ar y pryd petai angen. Nid carpedi oedden nhw ond matiau lliwgar hwnt ac yma ar y llawr pren.

'Marcia llawn i chi'ch dau hyd yn hyn, beth bynnag,' ychwanegodd, gan gymryd y dwster oddi ar Gwen. 'Orffenna i'r tynnu llwch, Gwen, diolch.'

'Smo chi'n moyn dishgled?'

'Na, dwi 'di cael coffi yn y lle gwallt,' meddai gyda phwyslais arbennig, a chwarddodd Alun fel petai'n falch ei bod hi'n gallu cellwair.

Sylwodd ar unwaith nad oedd Gwen wedi rhoi'r lluniau yn eu holau yn y drefn iawn ar y gist ddroriau. Cawsai llun priodas Alun a hithau ddyrchafiad i'r rheng flaen unwaith eto ar ôl cael ei wthio i'r cefn gyda threigl y blynyddoedd. Dim ond oherwydd ei ffrâm arian hardd, anrheg priodas gan Hanna, yr oedd wedi cael aros yno o gwbl.

Syllodd am funud ar y grŵp bychan a oedd wedi gosod eu hwynebau'n llawen ar gyfer yr oesoedd a ddêl. Mam Alun yn yr het fawr bluog ac yn llond ei chroen: dynes lysti, chwedl ei mam. Wedi breuddwydio, efallai, y byddai'i mab wedi cael rhywun gwell yn wraig, er nad oedd hi erioed wedi rhoi'r achos lleiaf i Alys feddwl hynny. Ac yna'r wên fodlon ar wyneb ei mam, Harriet Hughes, oedd mor falch fod ei merch ugain oed yn cychwyn ar fwy o flynyddoedd o hapusrwydd priodasol, yn ôl pob tebyg, nag a gafodd hi. Priododd Harriet yn hwyr ar ei hoes ag Edward Hughes, hen lanc pymtheng mlynedd yn hŷn na hi, aelod o gôr y chwarelwyr a ddaeth i gystadlu, yn y gaeaf cyn y rhyfel, yn eisteddfod flynyddol y pentref yn Nyffryn Clwyd lle y magwyd hi. Bu'r ddau fyw ddeuddeng mlynedd gorau'u bywyd gyda'i gilydd, haerai'i mam, gan ddiweddu pob dydd yn dweud eu pader wrth erchwyn y gwely, y naill â braich am ysgwydd y llall.

Cyn priodi gweithiai Harriet y tu ôl i gownter siop y teulu gyda'i thad a'i brawd iau. 'Wel, oedd raid i rywun ei hachub hi, yn doedd?' cofiai Alys glywed ei thad yn dweud wrth Mr Morris, y gweinidog newydd, y tro cyntaf iddo alw, a'i mam yn cogio gwylltio wrth hwylio swper.

Ac wrth gwrs, roedd ei mam wrth ei bodd mai Alun oedd y priodfab. Nid oherwydd ei ragolygon – er nad oedd y rheiny i'w hanwybyddu – ond ni roesai'i mam erioed fri ar bethau'r byd hwn. Doedd hi ddim heb ei hadnoddau'i hun – lladdwyd ei brawd yn y rhyfel ac etifeddodd hithau'r ychydig oedd gan ei rhieni i'w adael maes o law – ond hoffai fyw'n syml, fel y tystiai'r gostiwm fach blaen lliw nefi yn y llun. Yr ystyriaeth bwysig iddi hi oedd bod Alun wedi'i fagu'n annwyl a'i fod yn hogyn ffeind. A nodwedd arbennig ynddo, yn ei golwg hi, rhinwedd a'i hatgoffai'n garuaidd o'i diweddar ŵr, oedd bod ganddo fiwsig yn ei enaid. Nid ei fod yn offerynnwr fel Dora nac yn ganwr fel Edward Hughes, ond roedd Harriet yn iawn i'r graddau ei fod yn hoff o wrando ar gerddoriaeth, hyd yn oed ddatganiadau'i chwaer ar y piano fel y perffeithiodd hi ei chrefft. Daethai Harriet i'r casgliad yn gynnar yn eu perthynas ei fod yn gerddor, ac ar dystiolaeth bur denau, pan frysiodd Alun drwy'r dorf i ddal Alys a hithau ar derfyn cyngerdd blynyddol y côr yr arferai'i gŵr berthyn iddo. Tua'r Pasg cyn i Alys orffen yn yr ysgol oedd hynny ac roedd ei ganmoliaeth gwresog o'r canu wedi plesio'i mam yn fawr.

Yn ddiweddarach o gryn dipyn, ar noson cynhebrwng Harriet, mewn gwirionedd, a hwythau wedi aros ar eu traed tan berfeddion yn hel atgofion, dadlennodd Alun mai ar yr achlysur hwnnw, wrth iddo wthio drwy'r llusgwyr traed i'w cyrraedd, y dechreuodd amau gyntaf tybed oedd hi'n dod i olygu mwy iddo na'i bod yn ffrind i'w chwaer. Sylw a barodd i Alys yn ei thro feddwl wrthi'i hun, pan oedd hi'n rhy hwyr i holi bellach, tybed oedd Harriet wedi synhwyro nad edmygedd o'r canu corawl yn unig oedd yn ei lygaid y noson honno a bod rhyw ddirnadaeth felly wedi bod wrth wraidd ei hamharodrwydd i adael i'w merch fynd i ffwrdd i'r coleg celf. Ar ôl priodi, gofalodd Alun eu bod yn mynd â Harriet i gyngerdd y côr flwyddyn ar ôl blwyddyn, defod a oedd wrth fodd calon ei fam-yng-nghyfraith. Yn wir, pasiodd Alun bob prawf ganddi o'r dechrau i'r diwedd, hyd at y diwedd un pan gâi gario'i chorff eiddil, a neb ond yfô, a'i ostwng yn dyner i'r bàth yn ystod ei llesgedd olaf. Ni allai wneud dim o'i le yn ei barn hi. Roedd hi wedi porthi pob gair o araith Mr Morris yn y wledd briodas: nid colli merch ond ennill mab yn ei gweddwdod; bywyd fel mordaith; cychwyn o'r harbwr yn obeithiol, ac ati.

Am y briodferch ei hun, edrychai'n bur wahanol i'r ddynes honno yn nrych Karen gynnau. Ac eto, o ran pwysau, ni fu llawer o newid. Tybiai y gallai fynd i mewn o hyd i'r ffrog laes wen a oedd yn dal yn yr atig yn rhywle. Bu yn Lerpwl gyda'i mam yn ei phrynu ac roedd perffaith hawl ganddi i'w gwynder dilychwin, yn y dyddiau hynny pan oedd ystyr i'r lliw. Priododd Tilda, ryw ddwy flynedd yn ddiweddarach, mewn ffrog o liw ifori, mymryn lleiaf o amrywiad gwawr na chollwyd mo'i arwyddocâd ymysg y gynulleidfa'n ddiamau. Yn y grŵp, hi oedd y forwyn briodas a safai nesaf at Harriet, a fyddai wedi gwaredu pe gwyddai fod Tilda wedi bod yn 'cyboli', fel y byddai hi wedi cyfeirio ato. Dim ond Alys a wyddai am y garwriaeth fawr gyda Harri a oedd newydd ddod i ben. Dim ond hi a sylweddolai faint y torcalon y tu ôl i wên ddewr Tilda. Doedd hyd yn oed

Dora, y forwyn briodas arall, ddim yn rhan o'r gyfrinach. Nac Alun chwaith, nes iddi hi ddweud wrtho ryw dro pan nad oedd fawr o bwys rhagor.

Edrychai Alun mor fachgennaidd o ifanc iddi'n awr yn y llun a hithau wedi meddwl am frawd mawr Dora fel rhywun mewn oed, ac aeddfed, o'r diwrnod cyntaf iddi'i weld pan oedd hi'n eneth ysgol ac yntau'n fyfyriwr gartref ar wyliau o Gaerdydd, yn ffigur pell, Olympaidd, y tu hwnt i'w byd, yn lledorwedd ar lawr y parlwr yn Bank Place. Darllenai bapur newydd, ei goesau'n ymestyn yn hir dros y carped a'i ben yn pwyso yn erbyn braich y soffa, y gwallt coch golau ar gefndir o frocêd glas. A chodwyd mo'r llygaid oddi ar y ddalen wrth i Dora wneud gorchest o gamu drosto.

'Sym dy hegla, Alun, wnei di!'

Ni chymerodd arno chwaith fod y genethod mewn bodolaeth pan ddechreuodd Dora ganu'r piano. Roedd yn ddarn newydd a ofynnai am groesi dwylo'n ddeheuig dros yr allweddau ac roedd Tilda, a gâi wersi gan yr un athro, hefyd wedi camu dros y coesau i gymryd ei safle wrth yr offeryn er mwyn dilyn yr hen nodiant yn ofalus a throi'r tudalen yn yr union le rhag torri ar lyfnder y datganiad.

Aethai Alys i eistedd ar ei phen ei hun ar sedd y ffenestr fae fawr a'i chlustogau tapestri o waith llaw Mrs Lewis. Cogiai ei bod hi'n gwylio'r mynd a dod yn siopau'r sgwâr islaw, ond mewn gwirionedd roedd yn astudio ysgafalwch ysblennydd Alun wedi'i adlewyrchu yng ngwydr y ffenestr. Yn sydyn gwelodd a chlywodd y papur newydd yn cael lluch a throdd ei phen. Roedd Alun yn brasgamu o'r stafell heb edrych ar neb a chafodd ei golwg iawn cyntaf ar yr wyneb hirgrwn a'i groen golau'n dynn dros yr esgyrn sensitif. Ymhen blwyddyn neu ddwy, yng ngwersi hanes celf Miss Wade, ei hoff athrawes, gwelai bryd a gwedd Alun o hyd yn wynebau dwys Eidalwyr pengoch peintiadau'r Dadeni ac ymddangosodd rhibidirês o frasluniau ohonyn nhw ar ymylon ei nodlyfr.

Anadlodd Alys ar wydr y llun priodas a rhoi rhwb tyner iddo cyn ei roi yn ei ôl yn ei le arferol ar y gist ddroriau, gan ailosod y gweddill o'i gwmpas. Yna symudodd ymlaen i dynnu clwt ysgafn dros bopeth o fewn cyrraedd; doedd dim angen mwy na hynny heddiw gan iddi fod yn gloywi a chaboli wrth ei phwysau drwy'r wythnos ac yn golchi pob llestr, – platiau glas a jygiau lystar y ddresel, ffigurau tsieni Swydd Stafford y silff-ben-tân a'r holl gasgliad o drugareddau ar y silff uchel a redai o amgylch y stafell.

Erbyn iddi fynd trwodd i'r gegin unwaith eto, dim ond Gwen oedd yno, yn sefyll uwchben y sinc a'r mygiau coffi wyneb i waered ar y bwrdd diferu wrth ei hochr.

'Ro'n i'n ama 'i bod hi'n ddistaw yma,' meddai. 'I ble mae pawb 'di diflannu mor sydyn?' ac agorodd y drws cefn i ysgwyd ei dwster.

'Saran wedi mynd 'nôl i gwpla trefnu'r blode a dwedodd Alun ei fod e'n mynd i'r garej i mo'yn rhagor o gadeire i'r ardd. A wedyn wy'n credu'n bod ni'n tri'n mynd draw i dŷ Hanna i fenthyca rhagor 'to. Bydd yn wâc fach neis i Macsi a Pero,' ac wrth iddi'u henwi daeth symudiad o gyfeiriad yr hen flanced wrth y Rayburn lle y gorweddai'r ddau gi bach. 'So, ŷn ni'n dod yn ein blaene, on'd ŷn ni?'

'Yndan wir, Gwen,' meddai Alys, gan edrych o gwmpas y gegin. 'Lle rhois i 'masged, tybed?'

'Fe gadwodd Saran hi yn y pantri, ond ŷn ni wedi gwagu popeth oedd ynddi ac mae'r gellyg 'da fi'n y fan hyn ar hanner cael eu golchi.'

'O, dyna ni, am rheiny o'n i'n chwilio.'

'Wy'n gobeitho nag wy i'n busnesa.'

'Dim o gwbwl. Dwi wrth 'y modd efo rhywun sy'n gweld ei gwaith. Dwi am neud un pwdin bach arall at heno efo nhw,' meddai Alys, gan estyn lliain papur a dechrau sychu'r ffrwyth yn ysgafn a gofalus. 'Fyddwch chi'n lecio gellyg mewn gwin?'

'Mm! *To die for!*'

Gwenodd Alys. 'Ac maen nhw mor hawdd i'w gneud, dyna 'di'r biwti. Os cewch chi ellyg da, fedrwch chi'm methu.' Er y gallai feddwl am un methiant cofiadwy, ychwanegodd wrthi'i hun. A theimlai'r hen agwedd tuag at Barbara druan yn bygwth cyniwair o'i mewn.

Cnociodd Alun y ffenestr ar Gwen ac yna rhoddodd ei ben rownd y drws cefn agored i ddweud eu bod yn picio i dŷ Hanna.

'Fyddi di'n iawn dy hun, Alys?'

'Siort ora, diolch.'

A rhuthrodd y cŵn heibio'i choesau i ymuno â Gwen a Saran fel yr eisteddodd Alys wrth y bwrdd i ddechrau plicio'r ffrwyth. Gwyddai y byddai wedi gorffen eu mudferwi a'u gosod yn eu dysgl a phopeth erbyn i bawb ddychwelyd; doedd dim posib 'picio' i dŷ Hanna. Roedden nhw'n ellyg i'r dim o aeddfed, fel y gofynnid gan y rysáit, er y gwyddai'i bod yn bosib defnyddio rhai caled, yn ôl llyfr arall oedd ganddi, a'u coginio'n ara deg yn y popty. Ond fyddai rhai Barbara ddim wedi bod fymryn gwell pe baen nhw wedi bod yn y popty drwy'r nos, meddyliodd, wrth wylio'r stribedi o groen melyn brych yn disgyn yn bentwr ar y bwrdd.

Roedd honno'n noson ryfedd yn nhŷ Frank pan aeth Alun a hithau yno i swper. Dim ond ychydig dros wythnos oedd wedi mynd heibio ers y diwrnod yn y twyni, a theimlai'n nerfus ynglŷn â'r ymweliad. Ar yr un pryd, edrychai ymlaen, yn enwedig pan ddaeth yn amser i'r ymbaratoi gofalus a chamu i mewn i'w ffrog liain ddu o flaen y drych o'r diwedd a chau'r sip. A pheth arall, roedd hi wedi bod yn ysu erstalwm, cyn erioed daro llygad ar Frank, i weld y tu mewn i'r tŷ. Bu'n ei wylio'n mynd i fyny o dipyn i beth ar draws y dŵr ychydig o flynyddoedd ynghynt. Frank ei hun oedd wedi'i gynllunio ac roedd yn adeilad a safai allan ymysg y tai eraill ar y llethrau coediog gyferbyn. Adeiladau traddodiadol oedd y rheiny gan mwyaf, hynafol hefyd, rai ohonynt, yn ymylu ar grandrwydd, gyda'u tyrau a'u simneiau lluosog, eu ferandas a'u balconïau, a'u tai cychod nobl ar fin y dŵr. Yn eu mysg roedd nifer o dai modern wedi'u codi er pan oedd Alun a hithau'n byw ym Mryn Gorad, ond tŷ Frank oedd yr unig dŷ annedd unigol â tho fflat iddo.

'Dolur arall i'r llygad, Alys,' oedd sylw Hanna wrth syllu arno drwy'r binocwlars pan alwodd draw ar ei hald un tro. Diwrnod braf ym mis Medi oedd hi ac Alys wedi bod yn nôl y teclyn oddi ar sil ffenestr y llofft, yn wreiddiol er mwyn craffu ar y rubanau hir o wyddau gwylltion yn chwifio dros Fôn ar eu ffordd i'r gogledd pell. Ond roedd yn well gan Hanna hoelio'i sylw ar y tŷ newydd; roedd i'w weld yn gliriach bryd hynny cyn i'r coed dyfu o'i gwmpas.

'Be sy haru'r dynion cynllunio 'na, deudwch, yn caniatáu'r fath beth?'

Doedd hi ddim eto wedi medru dygymod â'r bloc mawr o fflatiau to gwastad ymhellach draw tua Biwmares, 'erchylltra' oedd wedi cymryd lle un o gynbalasau'r esgob.

Ond wedi cyrraedd tŷ Frank y noson honno chafodd Alys mo'i siomi ynddo. Iddi hi roedd ei gynllun a'i *décor* yn gyffrous, neu efallai mai hi'i hun oedd yn gynnwrf i gyd. Bu'n anodd dod o hyd i'r lle yn nryswch y rhodfeydd at y tai, er i Frank roi cyfarwyddiadau manwl i Alun ar y ffôn yn gynharach yn y dydd. Roedd hi'n flin braidd am hynny. Unwaith eto roedd wedi dewis cysylltu ag Alun yn hytrach nag achub ar y cyfle i gael siarad â hi yn breifat. Hyd yn oed, petai'n mynd i hynny, meddyliai, i wneud oed i gyfarfod eto, rhywbeth na wnaeth wrth ffarwelio â hi y diwrnod o'r blaen. At ei gilydd, roedd Frank yn enigma iddi ac, wrth edrych yn ôl, efallai fod hynny'n rhan o'i swyn.

Clywai'i chalon yn curo wrth iddynt barcio'r car a cherdded at y drws. O'r ochr honno, o gyfeiriad y tir yn hytrach nag o gyfeiriad y dŵr fel yr edrychai hi arno fel arfer, ymddangosai'r tŷ'n fwy fel byngalo, gan fod y lloriau eraill yn mynd i lawr gyda gogwydd y tir y tu cefn iddo'n awr.

Daeth Frank a Barbara i ateb y drws gyda'i gilydd, yn edrych yn hunanfeddiannol iawn. Popeth dan reolaeth, meddyliodd Alys; dim panics yn y gegin.

'Chawsoch chi ddim trafferth i gael hyd i ni, gobeithio?' gofynnodd Frank gan edrych ar Alun a dechrau'i hebrwng i'r chwith, tua'r lolfa, yn ôl y sŵn lleisiau a ddeuai oddi yno.

Gwisgai Alys gôt law ysgafn ac arweiniodd Barbara hi i'r stafell gotiau helaeth yn y pen arall, heibio i ben y grisiau ac ar hyd y cyntedd llydan a'i lawr o styllod sgleiniog, hir, fel bwrdd llong.

'I lawr y staer fyddwn ni'n mynd i'r gwely yn tŷ ni, fel y gwelwch chi,' meddai Barbara.

Er ei bod hi'n gwenu, ofnai Alys am funud fod rhyw frathiad bach y tu ôl i'r sylw. Wedi'i dal hi'n sbecian, efallai, ar y grisiau pren agored a'r canllawiau rhaff? Doedd dim posib ei fod yn ddim byd mwy na hynny.

Teimlai'n fwy diogel wedi cyrraedd y lolfa lle roedd gweddill y cwmni wedi ymgynnull. Ynghanol y cyflwyno a'r cyfarch roedd yn ymwybodol o stafell eang, olau, ddiaddurn bron, ar wahân i'r defnydd effeithiol o wydr a dur gloyw. Dyma beth a olygid wrth *décor* lleiafsymiol, meddai wrthi'i hun; steil gwahanol iawn i lawnder dodrefnus Bryn Gorad, heb na chwpwrdd cornel na borderi uchel o geriach wedi gweld dyddiau gwell i amharu ar y llinellau glân. Roedd hi wedi cadw gormod o hen bethau; gwnaethai le i bob peth er mwyn trosglwyddo celfi'r teulu i Saran.

Safai Frank a'i gefn ati ger y troli yn y gornel, wrthi'n tywallt diodydd, a Barbara wnaeth y cyflwyniadau. Roedd Alun ar ganol sgwrs ac amneidiodd arni i ddod ato, ond daliodd Barbara'i gafael yn ei braich a'i thywys at y ffenestr fawr lle ceid golygfa fendigedig o'r Fenai oddi tanynt a draw at fynyddoedd Eryri.

'Dewch i ddangos i mi ble mae'ch tŷ chi,' meddai Barbara. 'Mae Frank yn dweud eich bod yn byw fwy neu lai gyferbyn â ni'n rhywle.'

'Yndan, siŵr o fod, ond yn fwy ar letraws na gyferbyn, am wn i,' atebodd Alys wrth geisio edrych am Fryn Gorad. Nid bod brigau'r coed a gyrhaeddai at lefel y ffenestr mewn mannau yn rhwystr rhag gweld y rhan fwyaf o'r lan yr ochr draw, ond roedd y sôn am Frank mor fuan yn y sgwrs wedi ei thaflu oddi ar ei hechel gan ailgynnau'r anesmwythyd a deimlodd yn y cyntedd. ''Rhoswch chi,' meddai, 'mae'n anodd cael hyd i lefydd yn syth bìn achos bod y Fenai'n troelli a dydi tai ddim lle byddech chi'n disgwyl iddyn nhw fod rywsut,' ac roedd peth gwir yn hynny. 'A! Dyna fo'n tŷ ni,' a phwyntiodd ato. Roedd yn tynnu am filltir, neu fwy, ar draws y dŵr. 'Welwch chi o? Uwchben y tamaid o draeth caregog yn fancw?'

'Yr un gyda'r tri talcen bach yn y to? Byddai'n haws o lawer pe baech chi wedi gallu croesi yma mewn cwch! Oes ganddoch chi un, gyda llaw? Mae Frank yn sôn am gael un.'

'Na, ddaru ni 'rioed gymyd at y syniad er ein bod ni'n byw mor agos at y dŵr. Ond does 'na ddim glanfa wrth ymyl tŷ ni rŵan. Er, mi roedd 'na un am ganrifoedd cyn codi'r bont. Islaw'n tŷ ni roedd hen fferi'r esgob.'

'O, diddorol,' meddai Barbara.

Daliai'i phen ar un ochr, gan roi'r argraff ei bod yn aros i glywed rhagor. I Alys roedd rhywbeth yn theatrig a hunanfeddiannol yn yr ystum ac yn y ffordd roedd y gwallt hir, cynamserol wyn, wedi'i godi a'i sgubo'n llyfn at y corun. Teimlai fod yn rhaid ymateb i'r her. Roedd yn rhaid iddi gadw'i thir.

'O Borthesgob y croesodd Gerallt Gymro i Fôn, meddan nhw, i recriwtio ar gyfer y groesgad.'

Roedd y llygaid brown stilgar yn craffu arni uwchben y sbectol hanner lleuad. Pam oedd rhaid gwisgo'r rheiny ar noson fel heno?

'Ac yn croesi i ble'n union?'

'I'r Borth, ella, ond fel rheol i Gadnant yn nes yma.'

'Mae Cadnant i lawr yn y gilfach ar bwys tŷ ni. Dyna ni, 'chi'n gweld, byddai'r hen fferi wedi bod yn gyfleus iawn i chi!'

Yn gyfleus? gofynnodd Alys iddi'i hun. Oedd hi'n ceisio awgrymu rhywbeth? Cludiant ar ei union i 'ngŵr a chithau, math o beth? Oedd ei phriodas hi a Frank yn un agored, fel y dywedid, a'i bod felly wedi cael gwybod ganddo am y diwrnod hwnnw yn Abermenai? Roedd yn gwbl gredadwy y byddai gan bobl oedd yn byw yn y fath dŷ syniadau *avant garde* i gyd-fynd ag o. Ac erbyn meddwl, roedd yn ddigon posib mai Barbara oedd wedi rhoi gwers i Frank ar rywogaethau'r llyrlys cyn iddo gychwyn allan. Ond doedd dim posib ei bod yn gwybod y cyfan: fel y torrodd hi allan i chwerthin wrth weld y llif cyflym, chwerthin uchel a barodd iddi ildio i freichiau Frank ac fel roedd y ddau ohonyn nhw wedi suddo i wely'r twyni a charu yn y fan a'r lle.

'Dewch i gyfarfod ein cymdogion ni,' meddai Barbara.

Doedd hi ddim wedi bod yn disgwyl am unrhyw ateb gan Alys, nac ychwaith yn chwilio am yr arwydd lleiaf ei bod wedi taro i'r byw. Yn hytrach, roedd wedi troi i edrych a oedd ei gwesteion yn hapus ac ymddangosai nad oedd wedi golygu dim byd mwy na gwneud y math o sylw ysgafn, cellweirus sy'n rhoi pen taclus ar sgwrs.

Wedi i Alys ymuno â'r cylch newydd daeth braich Frank o'r tu ôl iddi i roi gwydr oer yn ei llaw. Ar wahân i hynny, prin y gellid dweud y bu cyfathrach rhyngddynt drwy'r gyda'r nos. Dim ond unwaith yr edrychodd Frank arni; hynny yw, edrych arni am unrhyw hyd, dal ei llygaid yn fwriadol, edrychiad a oedd wedi'i anelu ati hi yn unig, gan gau pawb arall allan. Wrth iddo ddod o'r gegin oedd hynny a gosod y dysglau pwdin ar y bwrdd a phan oedd sylw'r gwesteion ar yr hyn a ddywedai Barbara. Wyddai Alys ddim beth yn union a barodd i Frank edrych arni y funud honno. A oedd yn asesu maint ei diddordeb yn y traethu: hanes hynt a helynt poblogaeth adeiniog yr ardaloedd Nearctig a Phalaearctig ar eu taith fudo flynyddol dros lannau toreithiog Menai? Neu a oedd yn meddwl fel hithau fod golwg druenus o galed ar y gellyg mewn gwin yn eu rhengoedd tila? Yn amlwg, roedd rhywbeth arswydus wedi mynd o'i le ar y dewis a dethol comisaraidd yn y siopau.

Gwenodd Alys arno. Ni allai Frank wybod, wrth gwrs, mai adeiladu pyramid o ellyg disglair oedd un o'i gorchestion coginiol, ac roedd yn hollol fodlon dod i'r casgliad mai rhywbeth arall oedd neges yr edrychiad, sef y byddai'n well o beth myrdd ganddo petai'r ddau ohonynt ar eu pennau'u hunain yn rhywle.

Rhaid oedd cyfaddef, wrth gwrs, iddo fod yn ŵr hynod o wasanaethgar ar hyd y noson a gafaelai am ysgwydd Barbara wrth ffarwelio ag Alun a hithau ar riniog y drws. Eto i gyd, nid oedd yn syndod iddi pan glywodd y donyddiaeth isel ar y ffôn drannoeth yn gofyn tybed a ddeuai hi i ffwrdd am ryw dridiau gydag o; haeddai well gwely na thwyni pigog, er mor gysgodol oedden nhw.

*

Ar yr ugeinfed o Ragfyr, 1664, dychwelai cwch mawr Abermenai yn orlawn i Fôn o ffair a marchnad Caernarfon. (Eisteddodd yr efrydwyr allanol yn ôl yn eu seddau; roedd yn bryd cael stori, neu *quality time*, fel y byddai Saran wedi ei alw.) Safai pedwar ugain ar y bwrdd yn glòs fel tas wair. Dydd Sadwrn oedd hi, diwrnod penodedig y farchnad er y Canol Oesoedd pan oedd porth Abermenai'n glamp o le, yn harbwr digon proffidiol, yn wir, fel ag i Gruffudd ap Cynan ei adael yn gynhysgaeth deidi i'w wraig Angharad ar ei farwolaeth ym 1137. Yr oedd popeth angenrheidiol at y diben yno: angorfa hwylus, traeth eang ar gyfer llwytho a dadlwytho, llinell hir o dwyni yn gysgod rhag gwyntoedd y gorllewin, a'r tro ffon-fagl ar ei diwedd yn gofalu'n fugeiliol am y llongau. (South Crook oedd enw gwŷr Edward I ar y lle.) Erbyn 1664, fodd bynnag, daethai tro ar fyd, a dim ond tŷ fferi a stabl oedd yn aros y teithwyr pan lanient ar Draeth Melynog.

Ar y Sadwrn hwnnw yr oedd pen y daith o dair milltir wrth law a'r teithwyr wedi hel eu paciau yn barod i lanio pan gododd helynt ffyrnig ynglŷn â'r tâl. Y pris bryd hynny (cyfraddau cyn-1699) oedd ceiniog y pen a dwy geiniog am geffyl, ond ni chludid ceffylau ar ddiwrnod ffair; marchogai teithwyr cefnog at y fferi, gan adael eu ceffylau yn y stabl am y dydd.

Ar y diwrnod dan sylw, ildiodd y porthwysion i demtasiwn alwedigaethol dynion fferi, sef gwneud â'i gilydd i chwarae hen dric budr ar eu cwsmeriaid caeth drwy fynnu ceiniog yn ychwanegol ganddynt cyn cytuno i'w gollwng ar y traeth. (Tric a chwaraewyd fwyfwy ar fyddigions teithgar y ganrif ganlynol.) Beth bynnag i chi, ynghanol y taeru a'r dadlau a'r ymrafael, collwyd pob rheolaeth ar y cwch, a gariwyd yn ôl i'r dyfnder ger mynedfa gul y Fenai lle'r oedd y llif yn chwyrn. Dymchwelodd y cwch a boddwyd pedwar ar bymtheg a thrigain o eneidiau byw, a hynny nid nepell o'r lan.

Credid yn lleol mai barn oddi uchod oedd y drychineb oherwydd adeiladu'r cwch o bren wedi ei ddwyn o Abaty Llanddwyn.

Un yn unig a achubwyd, a dywedir mai ei enw oedd Huw Williams.

*

Ar ôl yr alwad ffôn oddi wrth Frank, ni wastraffodd Alys amser cyn cysylltu â Tilda. Gwyddai o'r gorau y byddai dod o hyd i esgus i fynd oddi cartref dros nos yn broblem iddi ac yn broblem y byddai'n rhaid ei datrys ar frys. Yn amlwg doedd treulio tridiau i ffwrdd ddim yn mynd i greu anhawster i Frank, a allai ffugio rhyw berwyl neu'i gilydd yn ddigon siŵr, ond doedd ei math hi o wraig tŷ ddim yn arfer mynd i unman yn ei hawl ei hun. Doedd hi ddim yn ddynes gyhoeddus; gwraig gartrefol oedd hi, ac wedi bod felly erioed. Yn eironig yn awr, dyna sgrifennodd Alun mewn ôl-nodyn ar waelod ei gerdyn priodas arian iddi dro'n ôl: 'A diolch am fod yna bob amser'.

Wrth gwrs, bu i ffwrdd ar ei phen ei hun yn ymweld â Saran yn y coleg yn Camberwell, ond roedd allan o'r cwestiwn iddi gogio'i bod hi'n mynd yno, a chywilyddiodd fod y fath syniad hyd yn oed wedi croesi'i meddwl, fel y gwnaeth am eiliad. Na, doedd dim byd amdani ond dweud ei bod yn mynd i aros gyda Tilda. Byddai hynny'n gwbl gredadwy; arferent gael sbelen neu ddwy gyda'i gilydd bob blwyddyn yn nhŷ'r naill neu'r llall, yn enwedig ar ôl marwolaeth Jack, gŵr Tilda, bum mlynedd ynghynt.

Cododd y ffôn a dechrau deialu'r rhif yn ne Cymru. Roedd yn rhaid sgwario pethau gyda Tilda cyn mynd, rhag ofn i'w hen ffrind ddigwydd rhoi caniad yn ystod yr union amser pan fyddai oddi cartref. Byddai'r gath allan o'r cwd wedyn. Ac mewn ffordd roedd yn falch o gael achos i ddweud wrth Tilda am Frank, cael rhannu'r gyfrinach oedd yn ei hysu. Yn sicr, byddai'n well petai hi wedi gallu mynd i lawr i'r de i esbonio wyneb yn wyneb ac wrth ei phwysau, sgwrs genod unwaith eto fel yn yr hen ddyddiau, er mai fel arall oedd hi bryd hynny: hi, Alys, yn gwrando tra parablai Tilda am ei hamryfal anturiaethau, pa mor bell yr aethpwyd ar y noson a'r noson ac yn y blaen, yn y dyddiau pan eid rhagddi fesul camau cydnabyddedig. Ond go brin ei bod hi'n ymarferol i fynd i lawr yno dan yr amgylchiadau, synfyfyriai i ddifyrru'i hun tra arhosai; mynd yr holl ffordd er mwyn cogio mynd yno eto ymhen pythefnos! Gwrandawodd ar y ffôn yn canu yn y pen arall. Synnai Tilda glywed, yn siŵr; Alys o bawb yn mynd dros y tresi. Ond doedd hi ddim yn disgwyl holl ryferthwy'r syndod a ffrwydrodd yn ei chlust wedi iddi ddod at bwynt yr alwad.

'Be! Dwi'm yn credu 'mod i'n clywed hyn!'

Doedd hi ddim am funud wedi dychmygu y byddai Tilda'n cymryd y fath agwedd. Er pan oedden nhw'n blant, roedd hi wedi meddwl amdani fel enaid rhydd. Deuai o gartref oedd yn wahanol i un Alys, tŷ stwrllyd, rhadlon, digapel i bob pwrpas, a'i lond o frodyr mawr yn herian byth a hefyd, a'r fam yn ddynes dew, llyfn ei chroen a hynod o dlws, nad oedd yn malio gormod am y llanastr ac, am ryw reswm, nad âi byth allan o'r tŷ. Ei gŵr ddeuai â'r negesau adref o'r Co-op, lle y gweithiai, gan gynnwys dilladau i'w wraig i'w dewis neu'u gwrthod, 'on appro.' fel yr ysgrifennid ar draws y bil.

Mwy na hynny, roedd mor annheg fod Tilda'n gwneud y fath ffŷs, o gofio'r cyfan a wyddai Alys amdani, yn enwedig yr helynt gyda Harri ar ôl iddi gael gwaith yn y swyddfeydd yng ngwaelod y dref, honglad o adeilad brics coch lle'r ymhyfrydai mewn stafell iddi'i hun. Gadawodd yr ysgol flwyddyn a thymor cyn Alys a Dora, ac o hynny ymlaen teithiai i'r dref bob bore ar fws gwahanol iddyn nhw. Ymhen ychydig amser wedi iddi ddechrau yn ei swydd fel ysgrifenyddes roedd wedi syrthio dros ei phen a'i chlustiau mewn cariad ag un o'r penaethiaid yno, dyn oedd ddeunaw mlynedd yn hŷn na hi ac yn briod. Bu bob amser yn hoff o'r bechgyn ac roedd wedi bod allan ag amryw, ond doedd hi ddim yn un am golli'i phen. Y tro hwn, fodd bynnag, aeth i ddyfroedd dyfnion.

Mewn un ffordd teimlai Alys hi'n fraint mai hi yn unig oedd â rhan yn y gyfrinach, ond mewn ffordd arall tyfodd yn arswyd iddi am mai hi oedd yr alibi pan âi Tilda i gyfarfod Harri gyda'r nos. Er bod awyrgylch rhydd – apelgar felly, tybiai Alys – yn nhŷ Tilda, ni olygai hynny fod yno benrhyddid; roedden nhw'n deulu clòs ac roedd disgwyl naturiol i Tilda ddweud i ble y byddai'n mynd fin nos. Ac yn nyddiau Harri dywedai'i bod yn mynd draw i dŷ Alys.

Oherwydd ei rhan anhepgorol yn y garwriaeth, fel yr âi'r amser yn ei flaen dyheai Alys gymaint yn fwy am gael gweld Harri. Roedd yn falch, felly, pan bwysodd Tilda arni i ddod draw i'w swyddfa hi ar ôl yr ysgol ryw ddiwrnod i weld y llond drôr o'r llythyrau dyddiol yr anfonai Harri ati. Gan fod Dora gartref o'r ysgol dan annwyd trwm yr wythnos honno, a'i gwnâi'n haws iddi fynd, neidiodd Alys ar y cyfle i gerdded i lawr yno'r diwrnod canlynol. Roedd Tilda'n aros amdani yn y cyntedd pan gyrhaeddodd, gan ei chipio'n syth i'w

72

swyddfa ar ben y grisiau. Ar y ffordd o'r ysgol bu Alys yn gobeithio'n fawr y byddai'n bosib taro ar awdur y llythyrau yn yr adeilad yn rhywle, ond roedd Tilda'n rhy wyliadwrus o'r sefyllfa i fynd â hi'n un swydd ar hyd y coridorau i'r perwyl hwnnw.

Yn ddiweddarach, pan oedd hi'n wyliau ysgol, y digwyddodd gyfarfod â Harri. Roedd hi wedi mynd i'r dref fel rhywbeth i'w wneud ac wedi galw i weld Tilda ganol y prynhawn. Gyda chaniatâd y porthor, aeth i fyny i'r swyddfa fechan, y bocs sgidiau, chwedl Tilda, a chanfod bod y drws ar agor a'r teipiadur yn gorwedd yn fud ar y ddesg. Tra safai ar y landin mewn cyfyng-gyngor, daeth dyn heibio a'i harwain yn ei ôl i lawr y grisiau ac at y cantîn lle roedd ei ffrind yn debygol o fod, meddai, yn cael ei phanaid a smôc. Gwelsant Tilda ar unwaith o'r drws, a gwenodd y dyn ar Alys wrth ei gadael i gerdded i mewn ar ei phen ei hun.

'Hwnna oedd o, 'sti,' meddai Tilda gydag iddi eistedd wrth y bwrdd fformeica.

'Be ti'n feddwl?'

'Fedra i'm deud chwanag rŵan, siŵr dduw, ond ti'n gwbod be dwi'n feddwl.'

'Be, hwnna oedd o?'

'Ia, siŵr iawn, cau dy geg.' Roedd rhywrai eraill wedi dod i'r bwrdd nesaf. 'Be ti'n feddwl dwi'n feddwl?' sibrydodd yn ffyrnig. 'Yli, a' i i nôl panad i ti,' a diffoddodd ei sigarét ar ei hanner yn y blwch gan wasgu pen blaen y stwmp nes bod ei hewinedd siapus yn y llwch.

Gwyliodd Alys hi'n cerdded yn gefnsyth at y cownter, yn edrych o hyd fel chwaraewr gorau tîm hoci Miss Carrington. Ni allai gredu ei bod hi, o bawb, wedi syrthio am y dyn roedd hi newydd ei weld. Bu'n dychmygu Harri'n ddyn golygus, yn dipyn o bishyn, yn fwy teilwng o Tilda, ond doedd dim byd yn drawiadol ynddo cyn belled ag y gwelsai. Dyn mwyn, a'i wefusau main, caeëdig yn troi i fyny yn y corneli wrth wenu, a'i wallt yn dechrau colli'i sbonc. Anodd coelio mai fo a sgrifennodd y llythyrau maith, rhamantus hynny, y llinellau ar linellau o lawysgrifen gron mewn inc du ar ddwy ochr i'r ddalen fawr wen.

Darllenasai un o'r rheiny ar ei hyd y tro cynt iddi alw yn y swyddfa, un yr oedd Tilda am iddi'i ddarllen yn arbennig.

'Dyma nhw, ti'n gweld,' meddai Tilda'r diwrnod hwnnw wrth ddatgloi'r drôr gwaelod ar yr ochr dde i'r ddesg, drôr yn llawn i'w ymylon o'r llythyrau.

Bu'n sôn llawer amdanynt, fel yr anfonai Harri ati bob dydd yn ddirgel, ond doedd Alys ddim wedi sylweddoli eu bod yn rhai mor sylweddol. Ni feiddiai Tilda fynd â nhw adref rhag ofn i'w mam gael gafael ynddyn nhw, a doedd ganddi ddim calon i'w difa.

'Darllena hwn,' meddai, gan ddewis un oddi ar ben y pentwr.

Cleciai'r papur trwchus wrth iddi agor y ddalen helaeth wedi'i phlygu yn ei chwarter a'i hestyn i Alys. Clodd y drws heb orfod codi o'i chadair ac yna eistedd yn dal ei dwylo am yn hir tra darllenid y llythyr.

'Fasat ti'n meddwl fod rhywbath 'di digwydd, rŵan dy fod ti 'di darllan hwnna?' gofynnodd o'r diwedd.

Nodiodd Alys ei phen yn ansicr. Doedd Tilda ddim fel arfer mor ochelgar ac anuniongyrchol, er bod ochr sensitif felly iddi ambell waith, a chofiodd yn sydyn am y tro yr aeth y dosbarth celf i gael te i dŷ Miss Wade a

Miss Carrington; doedd Tilda ddim wedi ymuno yng nghilchwerthin y genethod eraill y prynhawn hwnnw.

Meddyliodd eto am y cwestiwn tawel yr oedd Tilda newydd ei ofyn. Roedd ganddi syniad go dda beth a olygid ganddo a beth oedd yr ateb hefyd, o ran hynny, neu beth oedd pwynt yr holi? Ei hansicrwydd oedd ynglŷn â pha ran o'r llythyr oedd yn rhoi'r ateb yn blwmp ac yn blaen. Roedd yn llythyr mor gain, mor farddonol dywyll mewn mannau, ond tybiai mai'r frawddeg allweddol oedd honno'r oedd hi wedi'i darllen ddwywaith, yr un oedd mor ffurfiol a chywir fel na fyddai'i hathrawes Gymraeg, hyd y gwelai, ddim wedi gorfod gwastraffu'r un diferyn o'i hinc coch arni, ac eto mor breifat: 'A neithiwr fe gefais dy weld mewn man na'th welais erioed o'r blaen'.

Roedd sŵn traed diwedd dydd i'w glywed ar leino gwyrdd tywyll, trwchus y coridor a lleisiau'n ffarwelio. Estynnodd Tilda'i llaw i gymryd y llythyr i'w gadw dan glo gyda'r gweddill. Gwyddai Alys mai ffordd Tilda o ddweud wrthi'i bod wedi mynd yr holl ffordd oedd dangos y llythyr iddi. Yn yr ysgol deuai sïon i glustiau Dora a hithau o dro i dro, nid yn aml, am orchestion tebyg gan hon a'r llall, straeon a âi fel tân gwyllt drwy'r Chweched, ond Tilda oedd y cyntaf i fentro o blith ei chylch agosaf. Ond dyna fo, efallai fod gadael yr ysgol yn gwneud y sefyllfa'n wahanol, roedd fel bod yn fyfyriwr, meddai wrthi'i hun, gan feddwl am yr hyn a ddywedodd Dora wrthynt un haf, am Alun a'r hogan Nia honno o goleg Caerdydd. Eto i gyd teimlai'n bryderus ar gownt Tilda. Beth petai hi'n cael babi?

Pan edrychai'n ôl ar y dyddiau hynny yn niwedd y pumdegau a dechrau'r degawd canlynol, tybiai Alys y byddai'i hadwaith wedi bod yn llai trwblus, o bosib, ymhen rhyw ddwy flynedd neu dair pan ddigwyddodd y chwyldro rhywiol, gan ddod â'i ryddid cyffredinol i bawb a'i dymunai. Erbyn hynny roedd Alun a hithau wedi priodi, a Tilda wedi mynd i nyrsio i Abertawe, yn ddigon pell i ffwrdd.

Ar y pryd, yn y swyddfa fechan y tu ôl i'r drws cloëdig, ac ar nosweithiau wedi hynny, teimlai'n bryderus am sawl rheswm, nid lleiaf am y gwyddai i sicrwydd yn awr beth oedd yn mynd ymlaen yn rhywle, dyn a ŵyr ymhle, tra gweithredai hithau fel alibi.

Ar adegau, yn dibynnu ar beth a wnâi ar y pryd, anghofiai'i gorchwyl segur, yn enwedig wrth i'r amser fynd yn ei flaen yn ddianffawd; dro arall, pan oedd y gwaith cartref, efallai, neu'r adolygu ar gyfer arholiadau yn fwy diflas na'i gilydd, crwydrai'i meddwl at Tilda. Unwaith, wrth fwrdd y gegin, ar un o'r nosweithiau hynny pan oedd hi'n rhy oerllyd i weithio yn y llofft, a'i mam yn gwau wrth y tân y tu ôl iddi, dychwelodd hen atgof iddi, amdani'i hun yn sefyll yn y môr yn blentyn wyth neu naw oed. Roedd ei thad yn fyw bryd hynny a thybiai'i mam fod gwynt y môr yn ddaioni i'w frest, ac ar brynhawniau braf aent i'r traeth yn aml fel teulu bach.

'Paid â mynd ddim pellach na dy bennau gliniau,' gwaeddai'i mam arni gydag iddi ddechrau tatsio rhedeg i'r dŵr, gan ddal i sefyll yno'n ddisymud wrth y lan yn dal y lliain sychu ac yn troi'i phen bob hyn a hyn i weld a oedd ei gŵr yn iawn ar ei gadair ymhell yn ôl ar draws y tywod yn gwarchod y picnic a'r dillad.

Gwisgai'r siwt ymdrochi roedd ei mam wedi'i gwau iddi. Casâi'r lliw gwyrddlas tanbaid a thrymder llac y gwlân am ei chorff a gwyddai y byddai'r holl beth yn sigo dan bwysau'r gwlybaniaeth cyn gynted ag y cymerai'r dowciad cyntaf mewn ymgais i nofio yn hynny o ddyfnder ag a ganiateid iddi. A gwyddai fod Tilda'n ymdrochi'n ddiofal, rhywle ar y traeth, yn ei chostiwm stwff crych amryliw o'r Co-op, a gadwai yn ei le yn dwt.

Diolchai nad oedd ffôn yn y tŷ; roedd hynny'n un fendith. Doedd dim posib i fam Tilda roi caniad i holi pryd oedd hi'n dod adref, a doedden nhw ddim yn byw'n ddigon agos at ei gilydd i neb o'r teulu bicio i mewn i holi amdani wrth fynd heibio. Roedd cartref Tilda ar stad o dai cyngor ymhell yr ochr draw i inclein wagenni'r chwarel. Ond beth pe codai gwir argyfwng? Mam Tilda'n cael ei chymryd yn wael neu rywbeth? Yna âi Alys i ddychmygu pob math o bethau: y gnoc ar y drws a thad Tilda yno, wedi rhedeg a'i wynt yn ei ddwrn drwy'r twnnel stomplyd o dan yr inclein nes cyrraedd tai'r chwarel i gyrchu Tilda ar frys. Âi drwy hunllefau fel hyn o bryd i'w gilydd, hyd nes daeth pen ar ei harswydus swydd.

'Blydi hel, Alys, tydw i jest ddim yn credu 'mod i'n clywed hyn!' gwaeddodd Tilda eto i lawr y ffôn. 'Be goblyn ti'n feddwl ti'n neud, yr hen hulpan wirion i ti?'

'Wel, mi wyt ti'n un dda i siarad! Mae arnat ti fwy nag un ffafr i mi, cofia di hynny. Mi gadwis i ddigon arnat ti erstalwm.'

'Do, ac erstalwm oedd o, cofia ditha. Be' oeddwn i? Deunaw? Yn wahanol iawn i ti, beth bynnag, sy'n ddynas yn dy oed a'th amsar. A cyn i mi briodi Jack oedd o hefyd.'

'Ond mi roedd Harri 'di priodi'n doedd o?'

'Wel, ei lwc owt o oedd hynny, dyna o'n i'n deimlo, a do'n i'm yn nabod ei wraig o, ddim pan ddechreuodd y peth, ac wedi i mi ddŵad i'w nabod hi fedrwn i mo'i diodda hi. Ond dwi *yn* nabod Alun, tydw, ac yn meddwl y byd ohono fo. O'n i â'n llygad arno fo fy hun ar un adag.'

Doedd Alys ddim yn siwr o resymeg hyn i gyd, ond doedd arni ddim eisiau mynd ar ôl hynny. Ar y funud, logisteg oedd ei phrif gonsýrn.

'A be petai o'n ffonio yma eisio cael gair efo ti?'

'Neith o ddim. Dydi o'm yn arfer gneud, nagdi?'

Nid arhosai hi byth yn hwy na ryw dair neu bedair noson i ffwrdd a gwyddai'i bod yn fater o falchder ganddo i beidio â chysylltu, er mwyn dangos ei fod yn gallu ymdopi'n iawn ar ei ben ei hun. 'Dim byd haws,' dywedai wrthi'n ysmala pan gyrhaeddai adref. 'Dwn i'm pam mae eisio gneud môr a mynydd o gadw tŷ.' A ph'run bynnag, roedd hi wedi penderfynu eisoes nad oedd dim byd i'w wneud heblaw mentro mai felly y byddai hi eto ac, onide, i ymddiried yn Tilda i feddwl am ffordd i ddod allan ohoni.

'Fedra i mo dy ddallt ti, Alys. Dwi 'di'i gweld hi mor braf arnat ti ar hyd y blynyddoedd.'

Ochneidiodd Alys dan ei gwynt. Roedd hon yn hen gân gan Tilda. 'Nid dyma'r ffordd i fyw, ysti,' meddai wrthi un tro pan oedd ei dau blentyn wedi dechrau yn yr ysgol a hithau wedi mynd yn ôl i nyrsio'n llawn amser. 'Ond fasan ni'm yn medru dŵad i ben heb ddau gyflog.'

Amheuai Alys weithiau a oedd hynny'n gwbl wir; hyd y gwelai roedd gan Jack swydd dda mewn diwydiant. Ond yn sicr roedd Tilda'n hoff o wario, a bob amser wedi bod wrth ei bodd yn trin ei harian ei hun; dyna a'i denodd i adael yr ysgol ar ganol ei chwrs yn y Chweched.

'Wyt ti o ddifri efo'r boi 'ma, 'ta chwara o gwmpas wyt ti?'

'Dwn i'm yn iawn eto.'

'Mae eisio chwilio dy ben di, oes wir!' a chlywodd Alys y ffôn yn cael ei roi i lawr.

Teimlai'n gandryll ac yn ddarostyngedig yr un pryd. Roedd yn edifar ganddi yngan gair wrth ei ffrind. Tilda, o bawb, mor hunangyfiawn! A digon hawdd iddi fod felly hefyd; roedd hi wedi cael ei ffling pan oedd hi'n ifanc. Ac nid Harri oedd yr unig un chwaith – er na fu storm mor egr â honno wedyn – cyn iddi setlo i lawr yn sydyn ac yn hapus ddigon gyda Jack. Yn wahanol iawn iddi hi, Alys, na fu allan gyda neb, ddim yn iawn, heblaw Alun. Doedd bosib nad oedd yn haeddu un sbri?

Nid dadl newydd mo hon ganddi. Defnyddiai'r un math o resymoli parthed Alun. Roedd yntau wedi cael ei ffling. Gwyddai i sicrwydd am Nia, y deuai â hi adref i Bank Place o dro i dro, cyd-fyfyriwr iddo a edrychai fel y portread rhamantaidd o'r sipsi a swae ganddi wrth gerdded, merch oedd yn gwbl rydd ar yr aelwyd gydag iddi gyrraedd. Ysid Alys gan genfigen pan âi i alw am Dora a digwydd taro arni hi ac Alun yn chwarae'n wirion o gwmpas y lle.

Tarodd Dora ar fwy na hynny un prynhawn Sul. Aethai allan i de'n anfodlon gyda'i rhieni i dŷ'r ysgolfeistr a'i wraig, a'r bwriad oedd y byddent yn mynd i'r capel wedyn yng nghwmni'u cyfeillion. Teimlai Dora annhegwch bywyd i'r carn am fod Alun a Nia wedi datgan eu bod yn mynd i chwarae tennis, a hynny heb feddwl ddwywaith, ac ar ôl y te crefodd am gael ei hesgusodi er mwyn dychwelyd adref i ymarfer ei darnau piano ar gyfer yr arholiad.

Bore trannoeth ar y bws ysgol – erbyn hynny roedden nhw ar eu hwythnosau olaf yn y bedwaredd flwyddyn –

sibrydodd wrth Tilda ac Alys fel roedd hi wedi dal Alun a Nia yn y gwely drwy gyrraedd adref yn annisgwyl.

'Ddim yn llythrennol, wrth gwrs,' brysiodd i ychwanegu dan chwerthin pan welodd lygaid ei dwy ffrind yn agor fel soseri. 'Dim ond eu clywad nhw y tu ôl i ddrws llofft Nia.'

'Iesgob,' meddai Tilda, 'fasa hynny byth yn gallu digwydd yn tŷ ni achos fod Mam adra bob amsar.'

'Be wnest ti?' gofynnodd Alys.

'Dyrnu pob darn yn *double forte*, siŵr iawn!'

'A chwara mistêcs ar ben hynny, gobeithio!' ychwanegodd Alys, yn cogio ymuno yn yr hwyl er bod ei thu mewn yn crynu.

Ychydig o flynyddoedd yn ddiweddarach, wedi iddi briodi ag Alun, ymddangosodd ysbryd Nia lygatddu i'w hawntio ar eu mis mêl. Doedd yr wythnos ym Mharis ddim wedi bod yn fêl i gyd fel yn ei breuddwydion. Doedd hi ddim wedi sylweddoli maint y straen a'r pryder o drefnu'r briodas gyda'i mam a pharatoi Bryn Gorad ar yr un pryd yn ddigon da i fedru dechrau byw ynddo. Teimlai wedi ymlâdd gynted iddi gyrraedd y gwesty. Roedd yr wythnosau o ddewis dillad a helpu gyda pheintio'r waliau a sandio'r lloriau wedi gadael eu hôl arni.

'Doeddwn i ddim 'di dychmygu fod y Mona Lisa mor fach,' meddai Alun yn y gwely un noson ar ôl prynhawn yn y Louvre. 'Hynny ydi, ddim yn fach, fach, siŵr, ond yn llai nag oeddwn i'n ddisgwyl rywsut.'

Ofnai Alys mai hi, nid y llun, oedd y siom mewn gwirionedd a bod hynny'n lliwio popeth. Hi oedd yn annigonol. A phan gydiodd Alun yn sydyn yn un o'r gobenyddion sgwâr, a'i wthio fel clustog odani, daeth cysgod Sipsi Nia i'w phlagio. Fyddai honno ddim wedi bod ag angen y fath gymorth.

'Wel am lol!' meddai Alun pan ddatgelodd effaith gweld y Mona Lisa wrtho'n ddiweddarach. Roedd hynny beth amser ar ôl iddynt gyrraedd adref a hithau'n teimlo'n well o'r hanner.

'Mae gin i theori amdani hi, ysti, gyda llaw,' ychwanegodd ymhen tipyn tra gorweddent yn sgwrsio cyn mynd i gysgu. 'Am y wên enigmataidd enwog 'na sy gynni hi. Mater o raid oedd hi. Dim byd mwy na hynny. Roedd hi'n gorfod cadw'i gwefusau ar gau achos bod ei dannedd hi'n ddrwg. Yn rhy ddu i fynd i drethu llygada'r hen Leonardo am oria!'

Dechreuodd hithau chwerthin yn isel.

'Doedden nhw ddim yn betha agos mor ddel â'r perlau sy gin ti,' meddai gan roi blaen ei dafod rhwng ei gwefusau a chwilotai dannedd mewn dull llawer mwy dymunol a gogleisiol na'r deintydd.

A thorrodd hithau allan i chwerthin nes bod y gwely'n ysgwyd. Wrth edrych yn ôl ymhen blynyddoedd, daeth i'w meddwl pan oedd gyda Frank un tro na wnâi neb iddi chwerthin fel Alun. Ychydig o synnwyr digrifwch oedd gan Frank; ni chofiai erioed chwerthin yn uchel yn ei gwmni, ar wahân i'r diwrnod cyntaf hwnnw wrth weld y dŵr yn llifo heibio, ac nid doniolwch oedd wrth wraidd hynny.

Torrwyd ar fyfyrdod Alys gan gloch y ffôn yn canu'n uchel yn ei chlust. Roedd hi'n dal i eistedd wrtho a'i phen yn ei phlu wedi ymosodiadau Tilda.

'Hylô. Alys? Tilda sy 'ma. Ti ar dy ben dy hun? Yli, cer di mlaen i ddifetha dy fywyd os wyt ti'n ddigon gwirion. 'Mond eisio deud na wna i ddim mynd allan

o'n ffordd i brepian arnat ti, wrth Alun na Dora na neb,
ti'n gwbod hynny. Ond os ffonith Alun, dwn i'm be
wna i. Dwi'm eisio gorfod deud clwydda wrtho fo,
nagdw? Reit?'

Doedd Alys ddim wedi mwynhau'r daith i'r stesion:
Alun yn ei danfon ar ei fwyaf annwyl, gan ddatgan ei
falchder ei bod hi'n cael newid bach gyda Tilda.

Y trefniant gyda Frank oedd ei bod i gychwyn y
siwrnai ar ei phen ei hun yn y trên cyn belled â'r
gyffordd lle y byddai o'n aros amdani yn y Citroën. A'r
un modd, ond o chwith, wrth ddychwelyd.

'Paid â poeni amdana i, cofia,' meddai Alun. 'Ti'n
gwbod 'mod i'n gallu edrych ar ôl fy hun yn *champion*,'
a gwenodd hithau wrthi'i hun, gan feddwl am y prydau
y bu'n eu paratoi ar ei gyfer – swperau bach allan o'r
cyffredin o flasus i leddfu'i chydwybod – ac am y
nodiadau bach roedd hi wedi'u gosod ar bob peth i'w
atgoffa ar ba dymheredd i'w cynhesu ac am ba hyd.

Teimlai'n euog wrth adael iddo gario'i bag at y
platfform, y bag oedd yn cynnwys y dillad isaf du yr
aethai i Gaer yn un swydd i'w prynu.

'*Good for you!*' dywedasai'r eneth y tu ôl i'r cownter
wrth ddal y pethau bach rhwyllog i fyny cyn eu plygu a'u
rhoi yn y bag plastig. Clywai Alys ei thu mewn yn corddi.
Roedd yr ifanc yn gallu bod mor nawddoglyd â neb.

Mynnodd Alun sefyllian wrth ddrws y trên tan y
munud olaf.

'Waeth i ti heb ag aros,' meddai hi.

Rhedai'r rheilffordd yn syth ar draws dyffryn cul y
ddinas ac roedd yn orsaf ddrafftiog ar bob tywydd.
Roedd yn pigo bwrw, ac yntau'n gwisgo'r het feddal a

ddefnyddiai yn y glaw. Cuddid y gwallt ar ei dalcen gan y cantel main a oedd yn troi i lawr yn glòs o amgylch ei ben nes gwneud ei wedd mor ddiniwed ag wyneb babi. Yna'r gusan ffarwél a'r codi llaw tan oedd yr injan bron yn y twnnel.

Tref bysgota fechan ar yr arfordir dwyreiniol oedd pen y daith, er na wyddai hi mo hynny nes cyrraedd.

'*Mystery tour*,' cyhoeddodd Frank wrth gychwyn o'r gyffordd.

Gwenai'n slei bach arni wrth wneud ei ddewis ger un mynegbost ar ôl y llall wrth dynnu tua'r terfyn a phwysai hithau'n ôl o'r newydd yn ei sêt ledr, yn rhydd o orfod dal ei gafael ar fap anhylaw ar draws ei glin ac o dramgwyddo wrth ei gamblygu ar ddiwedd y siwrnai.

Roedd yn ardal ddieithr iddi, ac oherwydd gwastadrwydd y tirwedd ni chafodd gip ar y môr nes ei weld yn llwydaidd drwy len ysgafn o law o ffenestr eu hystafell wely. Ymdoddai i'r awyr draw ymhell yn rhywle ac ni allai ddirnad ymhle yn union oedd y gorwel. Ond roedd sŵn y tonnau'n torri ar y graean yn ddigon diamwys, yn gefndir parhaus ddydd a nos.

Dim ond unwaith y meddyliodd am Alun, a chyn mynd i'r gwely ar eu noson gyntaf oedd hynny. Disgwyliasai y byddai Frank yn edrych fel un o ddynion yr hysbysebion yn ei ddillad isaf, ei fest a'i drôns cotwm gwyn yn ffitio'n dynn amdano fel haen arall o groen. Ond nid felly roedd hi; yn hytrach, fel rhai Alun, hongient yn llac arno. Disgynnai'r fest mewn plygion tila a'i hymylon yn fflerio'n anwastad fel sgert rad merch, a glynai'r trôns yn llipa o amgylch ei lwynau. Synnai Alys nad ymddangosai ei fod yn malio dim nac, yn wir, yn ymwybodol o unrhyw ddiffyg yn ei ddiwyg wrth symud yn ôl a blaen rhwng y llofft a'r stafell ymolchi. Yn wahanol iddi hi, doedd o ddim, yn amlwg, wedi trafferthu mynd i unman i brynu dillad isaf newydd ar gyfer yr achlysur. Ond wedyn, efallai mai gorchwyl Barbara oedd gofalu am y pacio, yn ôl eu dull hwy o ddosbarthu'r llafur.

Drannoeth, roedd y môr yn llyfn dan awyr las wrth iddyn nhw gerdded ar hyd ruban hir y rhodfa rhwng y gwestyau a'r traeth caregog gyda'r cychod pysgota'n gorwedd wyneb i waered arno. Roedd hi bob amser wedi arfer â glan môr oedd yn fwy o fae, gyda phenrhynau creigiog yn derfynau o bobtu iddo, a lle roedd y gorwel pell yn llinell syth, ond yn y wlad wastad hon roedd y gorwel yn un hanner cylch helaeth o'u hamgylch, yn ei gwneud hi'n haws coelio bod y byd yn grwn.

Roeddynt yn dridiau o gynnwrf newydd, a hyd yn oed y rheidrwydd a deimlai i fod ar ei gwyliadwriaeth yn rhan ohono. Wrth gerdded, edrychai lathenni o'i blaen rhag ofn gweld wyneb cyfarwydd yn dod i'w chyfarfod, arfer a arhosodd gyda hi drwy gydol y garwriaeth. Nid oedd yn fwrn arni; yn wir, ychwanegai at y cyffro. Wrth edrych yn ôl, meddyliai weithiau mai'r rhwystrau oedd y rhamant. Yn ystod y dydd, ni cherddent law yn llaw fel y gwnaent gyda'r nos, pan adawent eu llofft drachefn i fwyta bwyd môr mewn bwyty bychan lle roedd gwêr y canhwyllau'n diferu ar oelcloth lliwgar y byrddau.

Safodd Alys yn ôl i gael gwell golwg ar y pentwr gellyg gorffenedig cyn ei adael yn byramid gloyw yn llwydolau'r pantri. Byddai'n rhaid iddo wneud y tro. Doedd pethau ddim wedi mynd mor rhwydd â'r disgwyl, wedi'r cyfan, wrth iddi geisio'i adeiladu'n gelfydd ar ddysgl ffrwythau'i mam, yr un a gofiai'n blentyn yn sefyll ar ei philer o wydr ar ganol y sieffinîr yn y parlwr. Ac wedyn bu mewn chwaneg o fyd yn rhoi'r gôt o surop pinc tywyll dros y cyfan. Doedd hi ddim wedi gwneud dim byd mor uchelgeisiol ers talwm. Ddim er parti'r llynedd nad oedd arni eisiau cofio amdano.

Caeodd ddrws y pantri ac edrych o gwmpas y gegin. Beth nesaf, tybed? Gwell mynd i estyn y platiau gorau o'r ddresel a'u tynnu drwy'r dŵr; doedden nhw ddim wedi bod ar iws ers tro. Wedyn câi ddechrau gwneud tamaid o ginio a chymryd seibiant bach dros y brechdanau cyn i Dora a Rhys gyrraedd

Ar ei chwrcwd o flaen cwpwrdd y ddresel clywai leisiau y tu allan drwy'r ffenestri agored: Alun a'r genod wedi dod yn eu holau o dŷ Hanna a Manw gyda chwaneg o ddodrefn i'r ardd.

'Fydd cinio ddim yn hir,' gwaeddodd. 'Rhywbath ffordd 'gosa, mae gin i ofn. Gewch chi lond ceubal heno.'

Ond gwelodd wrth godi â'r platiau yn ei chôl nad oedd yn debygol fod neb wedi'i chlywed. Roedd Alun fel petai'n cwffio gydag un o gadeiriau dec Hanna, wedi'i garcharu gan y ffrâm wrth geisio'i hagor a'r tri ohonynt yn marw chwerthin. Roedd fel golygfa o hen ffilm Ffrengig roedd Alun a hithau wedi mwynhau'i gweld erstalwm.

Tarodd y llestri drwy'r hatsh agored i'w harbed ei hun a cherddodd drwodd i'r gegin. Syndod mor drwm oedd dwsin o blatiau, yn enwedig hen rai fel y rheiny. Llestri ei mam, a Nain Siop cyn hynny, a'i rhai gorau hithau bellach, debyg, er nad oedden nhw'n ddim byd arbennig, hyd y gwyddai, ar wahân i hynodrwydd eu hoedran.

Roedd wedi eu hoffi erioed, meddyliai, wrth eu rhoi yn y dŵr, eu gwawr hufen gynhesol a'r llun o'r llecyn browngoch: afon yn llifo'n llyfn dros argae, drysni pluog ar ei glannau ac adar anhysbys yn hedeg yn ffri.

Doedd ganddi ddim cof o'i mam yn gwneud mwy na'u tynnu allan i'w golchi bob gwanwyn a'u cadw drachefn, a chyndyn iawn fu hithau i'w defnyddio'n amlach nag ar uchelwyliau fel y Nadolig a'r Pasg, er nad oedd wedi cyboli'r Nadolig diwethaf. Yn sicr, ni fuont ar iws cyffredinol o'r blaen fel y byddent heno, yn cymysgu'n ddiseremoni gyda phlatiau ailorau o gypyrddau'r gegin, heb eu gosgordd o ddysglau a jygiau a chaeadau ffliwtiog.

Ond roedd hi am wneud mwy o'r math hwn o beth. Yn ddiweddar roedd wedi penderfynu defnyddio'i llestri gorau'n amlach a'u mwynhau. Beth oedd pwynt gohirio a chadw? Wrth gwrs, nid âi mor wirion â mynd i ddefnyddio popeth fel ei gilydd chwaith. Llestri te gwyrdd ac aur nain ei nain, er enghraifft; gadawai lonydd i'r rheiny i dywynnu'n ddélicet yn eu cwpwrdd cornel y tu ôl i'r drysau bach gwydr bwaog. Dotiai pawb atyn nhw a châi hithau bleser yn dweud, 'Ia, llestri te nain fy nain'. Roedd rhywbeth yn gysurlon mewn meddwl amdani, Ann Jenkins, y wraig ffarm i lawr yn y de, mam y pregethwr Baptys a ddaeth yn weinidog i'r North, yn eu gosod ar y bwrdd ar brynhawn Sul (ac yn torri cwpan ambell waith, debyg, wrth frysio i olchi'r llestri cyn mynd i'r cwrdd, achos roedd mwy o soseri a phlatiau ar ôl na chwpanau). Bu yno'n gweld yr hen dŷ ffarm un tro pan ddigwyddodd fod yn aros gyda Tilda, ac yna'n chwilio'r fynwent o flaen y capel, ar ei gliniau'n gwthio'r gwair cras oddi ar ymylon y garreg wastad arw â'i dwylo noeth i gael darllen yr enwau. Mynd yno ar ei phen ei hun un diwrnod tra oedd Tilda wrth ei gwaith yn yr ysbyty. Pan oedd hi'n aros gyda Tilda mewn gwirionedd oedd hynny, yn hytrach na chogio'i bod hi.

Roedd bob amser wedi bod yn hoff o lestri, synfyfyriai, wrth adael i'r platiau ddiferu a throi ati i dorri brechdanau caws i ginio. Cyn wired ag yr âi i ffwrdd i rywle, byddai'n siŵr o ddod yn ôl gyda rhyw botyn neu ddarn o dsieina a gymerai'i ffansi. Hyd yn oed unwaith neu ddwy pan aethai i ffwrdd gyda Frank. Ond roedd wedi penderfynu rhoi'r gorau i'r casglu. Nid penderfynu yn hollol chwaith; mwy o sylweddoli tawel mai dyna'r oedd hi'n ei wneud. Yn weddol ddiweddar oedd hynny, tua diwedd mis Hydref diwethaf, a bod yn fanwl, ar ddechrau'r gaeaf a fu'n gymaint o fwrn arni hi ac Alun, dyna pryd y daeth pen ar y prynu. Stopio'n sydyn a chael sioc pan ddigwyddodd o, pan ymataliodd rhag prynu'r powlenni ffrwythau bach digon o ryfeddod yn Ffair y Borth. Sioc ddigynnwrf; nid y math o sioc sy'n gyrru'r gwaed yn wyllt drwy'r gwythiennau, ond rhyw ymwybyddiaeth yn dod drosti mai llenwi cypyrddau a'u gwagu oedd bywyd.

'Na, 'dan ni mo'u hangen nhw,' meddai wrth Alun y diwrnod hwnnw.

Roedd hi'n dywydd braf, llonydd, ac yntau wedi mynd â hi i'r ffair gan feddwl y byddai'n gwneud lles iddi, yn yr awr ginio pan oedd hi'n bur ddistaw yno, ymhell cyn i'r rhialtwch min nos ddechrau ac i'r ddau ohonyn nhw sefyll yn ffenestr y llofft yn gwylio'r olwyn fawr yn troi yr ochr arall i'r dŵr. Ffair fechan oedd hi bellach, rhyw ddifyrrwch o stondinau o bobtu dwy neu dair stryd a ffigar-êt ac ati'n trawsfeddiannu'r meysydd parcio, ffair oedd wedi mynd i lawr hyd yn oed o fewn ei chof hi pan wthiai Saran yno'n fabi yn ei choetsh. Bryd hynny roedd rhywfaint o fasnachu amaethyddol yn mynd ymlaen, gweddillion y gwerthu mawr ar wartheg a moch yn y canrifoedd cyn codi'r bont pan gynhelid y ffair o bobtu'r Fenai, y naill ben a'r llall i'r fferi.

'Pryna nhw,' meddai Alun eto. 'Cer yn dy flaen!'

'Na, does gynnon ni'm lle i'w cadw nhw.'

Swniai'n beth digon rhesymol i'w ddweud, ond nid dyna'n hollol a olygai.

'Wel, os ydi Saran yn mynd i fod yn berchen tŷ fel mae hi'n d'rofun, hwyrach cei di wared â rhai o'r hen betha 'na sy gynnon ni'n tagu'r cypyrdda.'

Roedd Alun wedi rhoi pwyslais ar y gair 'd'rofun' wrth ei ynganu, nid yn uchel ond yn fwy fel islais yn ei chlust; gwyddai ei fod yn air a oedd bob amser wedi ennyn gwên ganddi, gair ei fam, gair cyffredin yn Sir Fôn, ond gair dieithr i Alys y tro cyntaf iddi'i glywed yn Bank Place. Ac er iddi gyfarwyddo ag o wedi hynny, nid aethai'n rhan naturiol o'i geirfa, ar wahân i pan ddynwaredai'i mam-yng-nghyfraith i wylltio Alun.

Sylweddolai mai ceisio gwneud iddi wenu oedd o'r foment honno ond ei bod hi, yn lle gwenu, wedi mynd i feddwl am Saran yn prynu tŷ. Marwolaeth sydyn y landledi, y ddynes druan honno yn y fflat uwchben iddi, 'Miss Myrtle Green', fel y darllenodd ar lythyr yn y cyntedd cyffredin i'r ddwy fflat pan oedd yno un tro, dyna oedd wedi rhoi cychwyn i'r syniad o brynu tŷ, a bwriad cyntaf Saran oedd prynu'r eiddo, petai modd, a'i droi'n un tŷ yn ei ôl. Ond yna roedd wedi newid ei meddwl ac wedi rhoi'i bryd ar chwilio am rywle yn nes at Gwen, neu, o bosib, am dŷ y gallent rannu â'i gilydd yn fwy o fewn cyrraedd at waith Gwen.

Safai Alun yn aros am ryw ymateb ganddi a cheisiodd hithau wenu.

'Ia, digon posib,' meddai, ond troi'i chefn ar y llestri ddaru hi, er hynny, a gafael yn ei fraich i ddechrau ymlwybro'n ôl rhwng y loetrwyr o amgylch y stondinau nes cyrraedd y bont.

Fel y cerddent drosti, ar hyd y rhodfa gul ar yr ochr chwith, fesul un erbyn hyn gan iddynt wahanu i wneud lle i un neu ddau a ddaeth i'w cyfarfod, meddyliai Alys yn siŵr y byddai Alun yn torri allan i adrodd am yr 'uchelgaer uwch y weilgi', yn enwedig gan na wnaethai ar y ffordd yno. Dyna yr arferai'i wneud, yn nhraddodiad ei dad o'i flaen, a ddyfynnai'r englyn yn y car bob tro y dilynent gerbydau'r byd drosti i weld taid a nain Sir Fôn erstalwm, pan oedd Dora ac yntau'n blant. A'i dad, yn ôl Alun, yn gyndyn o golli'r fantais hyd yn oed wrth fynd am dro ar brynhawn Sadwrn, yn rhoi ar ddeall iddynt fod a wnelo 'gweilgi' â'r gair Celtaidd am flaidd.

Ond heddiw roedd Alun yn ddistaw wrth fynd o'i blaen ar y llwybr troed. A oedd o'n fwriadol yn anwybyddu'r weilgi oddi tanynt ac yn osgoi pob sôn amdani? A oedd crybwyll dŵr y môr a phob gair cyfystyr yn tabŵ bellach yn ei gŵydd hi, yn wyneb ei hymgais i – i beth yn union? Doedd hi ddim yn siŵr faint o ffaith a faint o hunllef neu gyfuniad o'r ddau oedd yn yr hyn a ddigwyddodd, os digwydd hefyd, dim ond ychydig iawn o wythnosau ynghynt.

Edrychodd dros ganllaw'r bont ar ddiniweidrwydd sidanaidd llif y weilgi. Doedd o ddim yn udo fel anifail heddiw. Mr Blaidd yn cogio bod yn glên, ac yntau'n hen reibiwr creulon, gwancus.

*

Ar brynhawn Sadwrn y pumed o Ragfyr, 1785, yr oedd Huw Williams, Tyn Llwydan, ger Aberffraw ym Môn, ffarmwr parchus, wedi bod yn y ffair yng Nghaernarfon ac yn aros yn ddiamynedd i'r cwch mawr gychwyn yn ei ôl am borth Abermenai. (Roedd yn ddiwedd tymor Nadolig ar y dosbarth ac nid egwyl fach wrth fynd heibio oedd stori'r diwrnod hwnnw. Yn hytrach, roedd yn berfformans a gymerodd yr awr ar ei hyd, a chyfrif cyflwyniad cynhwysfawr y tiwtor i'r llyfr taith a groniclai'r hanes, ynghyd â'i bortread o'r awdur egnïol.)

Yr oedd Huw newydd briodi ac yn hwyr glas ganddo fynd adref at ei wraig, ond fel ym mhob oes yr oedd rhywrai ar ôl a chanwyd y corn drachefn a thrachefn. Yn y dyddiau hynny, cyn adeiladu'r pontydd, atseiniai glannau'r Fenai gan rybuddion soniarus y fferïau: fe gofiwch yn siŵr am gloch fawr Abergwyngregyn a genid yn gyson ar dywydd niwlog i arwain y teithwyr oddi ar fferi Biwmares yn ddiogel ar draws Traeth Lafan, ac am y gragen fawr, neu'r conc a chwythid gan Grace Parry, neu Gras-y-Garth fel yr adwaenid hi, i hysio'r rhai a gerddai drwy'r coed at fferi'r Garth, ger Bangor. Sain oedd hwn a glywid ar fore tawel yn diasbedain yn y bryniau pell, a hysio pereiddiach, yn siŵr, na'r gweiddi croch a ystyrid yn anhepgor i brysuro'r gwartheg i'r dŵr yn fferi Porthaethwy, deng mil ohonynt mewn blwyddyn erbyn diwedd y ddeunawfed ganrif yn cael eu cernodio oddi ar y traeth rhuadwy ac yn nofio i'r ochr draw fel coedwig gorniog, ys dywed y bardd, gan ysgwyd eu hystlysau'n gawodydd ar y tir mawr wedi cyrraedd.

Lapiodd Huw ei gôt yn dynn amdano; yr oedd hi'n codi'n wynt. Hwyr bryd gadael, meddai wrtho'i hun, gan edrych yn anesmwyth ar gyflwr y llanw. Bron yn bedwar o'r gloch arnynt yn cychwyn a hithau'n ddistyll am bump!

Ar unwaith daeth gwynt cryf o'r de-ddwyrain gan daro ar y larbwrd. Yr oedd yn angenrheidiol fod y cwch yn cadw'n bur glòs at ochrau Sir Gaernarfon, tybiai Huw, nid yn unig er mwyn cael mantais o'r sianel a redai'n agos i'r lan ond hefyd er mwyn cael cysgod rhag y gwynt a chwythai'n union i gyfeiriad y Traethau Gwylltion, dwy draethell a orweddai yn y Fenai ychydig yn fwy na hanner ffordd at lannau Môn.

Fe wyddoch am y Shifting Sands, bid siŵr, syr, adroddodd Huw ymhen amser wrth y Parchedig W. Bingley A.M., gynt o goleg Peterhouse, Caer-grawnt, botanegydd, Cymrawd o Gymdeithas Linnaeus, neb llai, a theithiwr pybyr drwy ogledd Cymru a ymwelodd â ffermdy diarffordd Tyn Llwydan yn un swydd i glywed yr hanes hynod, a'i gynnwys yn ei grynswth yn ei ail lyfr taith.

Gofidiwn yn fawr, syr, nad oedd y cwch yn cael ei gadw ddigon yn y sianel, a gwelwn fod yn rhaid gwneud rhywbeth ar frys. Euthum i fynegi fy ofnau wrth gyfaill a chymydog i mi, Thomas Coledock, garddwr O.P. Meyrick, wyddoch chi, yswain Bodorgan, ein bod yn cael ein gyrru yn rhy agos at y banciau tywod a bod ein bywydau mewn perygl.

Cytunodd yntau'n llwyr ac aethom ar unwaith i bwyso'n daer ar y rhwyfwyr i wneud eu gorau glas i'n cadw rhag y tywod. (Oedd, yr oedd hwylbren ar y cwch, syr, ond dim hwyliau.) Gwnaethpwyd pob ymdrech gyda'r rhwyfau, ond yn ofer. Yn fuan iawn, a'r gwynt yn hyrddio'r ewyn dros ochrau'r cwch, yr oeddym wedi taro yn erbyn y tywod.

Yr oedd yn sefyllfa frawychus, a chan ei bod bron yn ddistyll yr oedd yn rhaid gwneud rhywbeth ar fyrder neu yno y byddem ni. Neidiodd y rhai mwyaf talgryf i'r dŵr yn syth, gan wneud ymgais ar y cyd i wthio'r cwch yn rhydd, ond yn ofer eto. Bob tro y llwyddwyd i symud y cwch o'i le fe'i gyrrwyd yn ei ôl gan y rhyferthwy. Erbyn hyn yr oedd yn prysur lenwi â dŵr fel y golchai'r môr tymhestlog, cethin trosom. Barnwyd mai gwell fyddai i bawb ohonom ddyfod oddi ar y cwch ac aros ar y tywod yn y gobaith y deuai cymorth o Gaernarfon cyn i'r llanw nesaf olchi tros y tywod a'n boddi.

Llwyddwyd i gael pawb oddi ar y cwch heb ddim amser i'w golli achos gyda hynny fe'i llanwyd yn gyfan gwbl gan ddŵr. Ond cyn gadael yr oeddwn wedi gofalu cymryd meddiant o'r hwylbren oherwydd tybiwn y gallai hwnnw fod yn iachawdwriaeth i mi. A'm traed yn suddo yn y tywod fe'i cludais yn llafurus i'r ochr draw, gyferbyn â Môn, a dyna lle'r oedd yr hen gyfaill Coledock yntau yn gafael yn dynn mewn rhwyf gyda'r un bwriad.

Yr oeddym mewn safle alaethus, hanner cant a phump ohonom, yn ddynion a gwragedd a phlant, yn nannedd y gwynt ar noson dywyll, oer, yn wynebu tranc annhymig erchyll ar draeth gwyllt oni ddeuai cymorth cyflym i'n hachub rhag distryw. Ein hunig obaith ydoedd ceisio tynnu sylw at ein trueni. Gan hynny, safasom gyda'n gilydd yn wynebu'r tir mawr a gweiddi ag un llais. Yn y man atebwyd ein bloeddio dyfal canys clywsom, drwy'r dymestl, gloch larwm yn canu tua Chaernarfon. Codasom ein calonnau. Byddai cwch y tolldy a sawl un arall yn ddiamau yn paratoi ar frys i herio'r ddrycin tuag atom, yr hyn a wnaethpwyd. Ond drylliwyd ein gobeithion yn greulon pan na feiddiai'r un ohonynt, o ganfod ein sefyllfa, ddyfod yn agos atom rhag i'r un dynged ddychrynllyd eu goddiweddyd hwythau.

Mewn anobaith, ac yn sicr bellach na ddeuai achubiaeth o unman, penderfynais beidio ag oedi rhagor, eithr yn hytrach ymddiried fy hunan ar drugaredd y dyfroedd. Yr oeddwn yn nofiwr rhesymol, Mr Bingley, ac yn hyderus y gallwn gyrraedd glannau Môn gyda chymorth yr hwylbren. Felly, ymlwybrais i'r ochr draw drachefn i'w gyrchu a chael bod fy nghyfaill yno eisoes a'i rwyf yn ei law. Cynigiais ein bod yn clymu'r mast a'r rhwyf wrth ei gilydd â'r ddau ddarn o raff yr oedd Coledock wedi eu cymryd o'r cwch yn ogystal, a mentro'n bywyd arnynt. Rhwymais y ddau bren gyda'i gilydd yn dynn ond yna, er ceisio'n daer ei ddarbwyllo i ddyfod gyda mi, gwelwn na fedrai fagu digon o blwc. Yr oeddwn yn benderfynol, serch hynny, ei mentro hi ar fy mhen fy hunan.

Tynnais fy esgidiau a'm côt uchaf oddi am danaf rhag iddynt fod yn rhwystr i mi wrth nofio. Cyflwynodd yntau ei oriawr i'm gofal a ffarwelio â mi am y tro olaf yn y byd hwn. Gwthiais fy rafft-wneud oddi ar y draethell a gosod fy hunan arni, ond troes ar i waered yn syth, gan fy nhaflu oddi tani. Yn y safle hwnnw, ac un fraich wedi ei bachu yn y rhaff a chan ymdrechu orau y gallwn i gadw fy mhen uwchben y dyfroedd ac wedi fy llethu ar brydiau gan yr ewyn a chwythai drosof yn ffyrnig, fe'm cariwyd yn glir oddi ar y tywod. Ac wedi bod yn y dŵr am oddeutu awr, hyd y gallwn dybio, canfûm oleuni yn y pellter. Wawch! Tŷ fferi Talyfoel yn ddiamau! (Er bod pymtheng mlynedd a mwy wedi mynd heibio bellach, yr oedd Huw wedi cynhesu i'w bwnc yng nghwmni'r clerigwr ifanc, eiddgar.)

Ond rŵan, howld on, 'rhoswch funud, no wê, medde chi sy'n hen lawiau ar ddarllen siartiau'r Morlys, a Rhif 1464 yn benodol. Ei gario'n glir oddi ar y tywod? Mae rhywbeth o'i le. (A theimlai Alys bwt o gywilydd nad oedd wedi meddwl bod angen cwestiynu dim byd.) Beidio bod yr hen Huw druan yn cyfeiliorni fan hyn? Doedd dim posib iddo fedru nofio rhwng y Traeth Gwyllt ac Ynys Môn achos does yna'r un sianel ar ei hyd yn y fan honno pan fo'r Fenai ar drai, fel yr oedd hi ar adeg y drychineb. Adeg trai, fel y gwelwch chi (a dechreuodd y dosbarth astudio siart Rhif 1464 a oedd newydd sboncio ar y sgrin), llain eang o dywod a geir yno, yn ymestyn yn solet (cymharol) at y lan. Ac at hynny (sbonc arall), byddai siart y Commander Sheringham yn y ganrif ddiwethaf yn ategu hyn mor bell yn ôl â 1843, sef na fyddai yno ddŵr o gwbl i Huw ddechrau nofio mor wrolwych ynddo pan oedd y llanw ar drai.

Yn wir, yn ôl y siartiau hyn, tybed a fyddai'r drychineb wedi digwydd o gwbl, ar wahân i golli'r cwch? Oni fyddai ryw fodd yn y byd i'r hanner cant a phump fod wedi'i gwneud hi am adref am eu bywyd ar draws y tywod cyn y llanw nesaf? Rhedeg yn igam-ogam i osgoi'r pytiau o sianeli, hyd yn oed yn y tywyllwch? Neu rydio drwyddynt, neno'r mawredd. Beth oedd ganddynt i'w golli?

Ond, fel y dywedodd Heraclitws ddwy fil a hanner o flynyddoedd yn ôl, y mae popeth yn llifo; yn symud ac yn ffrydio'n barhaus, eb ef; nid oes dim yn arhosol. Ac felly gyda'r Traeth Gwyllt a'r cyffiniau, achos os rhown ni siart y Morlys a siart y Commander yntau o'r neilltu a mynd yn ôl gan mlynedd eto, i'r ddeunawfed ganrif, at Gynllun Lewis Morris o Far a Harbwr Caernarfon

(1748) fe welir sefyllfa wahanol: yn hwn – welwch chi? – mae prif draethell y Traethau Gwylltion yn gorwedd fel ynys anghyfannedd yng nghanol y Fenai gyda chryn led o sianel dreiol rhyngddi a glannau Môn. Darn o ddŵr oedd yn ddigon i ddychryn Coledock. Ac o ran hynny, fyddai nemor ddim newid i'w ganfod yn y symud a'r ffrydio parhaus erbyn Cynllun diwygiedig ei fab, William, ym 1800, fel y cytunwch chi, mae'n siŵr; dim digon o newid, yn sicr, i demtio'r Parchedig Bingley i godi'i aeliau am yr un chwinciad i amau'r stori wrth wrando arni ym 1801. Ac roedd Huw yn llygad ei le, felly, ynglŷn â thŷ fferi Talyfoel. Wawch eto!

Adnewyddwyd fy ysbryd, Mr Bingley, pan welais y cyfryw olau a gwneuthum bob ymdrech i wthio fy rafft tuag ato, gan weiddi'n uchel am gymorth. Ond erbyn hyn roedd y llanw yn fy ngyrru a dychmygwch fy anobaith wrth i'r gwynt a'r llif fy ngharo ar ruthr heibio i'r tŷ fferi. Gwelwn, yn fyw yn fy meddwl, weithiau wyneb galarus fy ngwraig, dro arall Coledock yn arswydo rhag ei dranc anochel a'r teuluoedd bach yn myned i'w dyfrllyd fedd ym mreichiau'i gilydd.

Er gwaethaf popeth, cefais nerth i ddyfalbarhau. Ymdrechais yn galed i gyrraedd y lan ond dro ar ôl tro – gwae finnau fyth! – fe'm trechwyd gan ymchwydd y don a'm gyrrai yn fy ôl i ganol y llif bob gafael. Ond ar ôl dwyawr a mwy o gael fy nhaflu y ffordd yma a'r ffordd arall, llwyddais i dynnu fy hun allan o'r dŵr.

Yn awr teimlais effeithiau enbyd yr oerfel y dioddefaswn oddi wrtho gyhyd. Pan geisiwn sefyll, gwrthodai fy nghoesau â'm cynnal ond, gan ddygnu arni hyd fy eithaf, ymlusgais tuag at y fan, o leiaf filltir i ffwrdd, lle y gwelswn y golau. Gorfu i mi ymatal, fodd bynnag, a gorffwys dan y clawdd i adfer fy nerth. Cyn bo hir fe'm deffrowyd gan y gwynt a'r glaw a thrwy ymdrechion poenus cyrhaeddais Dalyfoel o'r diwedd.

Fe'm canfuwyd gyntaf gan un o ferched y teulu a redodd ymaith dan weiddi, gan feddwl iddi weled drychiolaeth. Clywyd ei sgrechfeydd gan y lleill ac fe'm cludwyd i'r tŷ a'm rhoddi mewn gwely cynnes gyda jòch o frandi a bricsen boeth wrth fy nhraed, triniaeth a barodd nad oedd dim byd gwaeth na llesgedd yn fy mlino fore trannoeth a mynnais fy mod yn myned fy hunan ar frys, gorau po gyntaf, i roddi'r neges hapus i'm gwraig am fy ngwaredigaeth, oblegid byddai'n falch gan ei chalon weled â'i llygaid ei hun nad oedd ei phriod wedi myned ffordd yr holl fyd cyn blodau ei amser. Ond diolch i'r drefn, er lles fy ngwraig, nid oedd y newyddion am y digwyddiad trist eto wedi cyrraedd Tyn Llwydan.

Ar hyd y traeth y bore hwnnw yr oedd yr olygfa y tu hwnt i ddisgrifiad. Golchwyd amryw o gyrff i'r lan yn ystod y nos a thyrrai ceraint y trueiniaid yno, a hyd heddiw, syr, y mae dwyn i gof yr holi taer am y rhai na wyddid eu ffawd, a thrallod cyfeillion y rheiny a ddarganfuwyd eisoes, yn arswyd a dychryn i mi.

Yn ogystal â'r cyrff a olchwyd i'r lan, daethpwyd o hyd i lawer ychwaneg mewn amrywiol ystum ac osgo wedi suddo yn y draethell fel na ellid eu tyrchu i gyd oddi yno tan ar ôl sawl llanw. Myfi, ysywaeth, oedd yr unig dyst a oroesodd i adrodd yr hanes. Cafwyd hyd i'm côt a'm hesgidiau o dan y tywod, bron yn yr union fan lle y'u gadewais. Ni welwyd y cwch mawr byth wedyn a thybir ei fod yn dal yn sownd yn y Traeth Gwyllt yn rhywle.

*

Fel roedd Alys yn gorffen hel y tamaid o ginio at ei gilydd i'w gario i'r ardd, rhuthrodd Saran a Gwen i'r gegin i ddweud eu bod am gymryd eu brechdanau i ryw draeth yn rhywle a mynd i ymdrochi.

'Fyddwn ni'm yn hir,' meddai Saran. 'Trît i'r cŵn hefyd.'

'Peidwch â becso, Alys,' meddai Gwen. 'Byddwn ni gartre mewn digon o bryd i wneud y salads i chi.'

'Popeth yn iawn, siŵr. Gwnewch y gora o'ch amsar. Fyddwch chi'n ôl yn nwndwr y ddinas fory, fel fasa taid yn ddeud.'

Rhoddodd hynny o fwyd a fyddai'i eisiau ar Alun a hithau ar yr hambwrdd a gadael llonydd i'r ddwy i drefnu'u picnic. Roedd am roi'i thraed i fyny ar gadair hir yn yr awyr agored am dipyn.

'Amsar cymyd sbel, Alun,' meddai ar ei ffordd ar draws y stafell fyw, lle roedd ei gŵr yn sefyll wrth y peiriant hei-ffei rhwng y ddwy ffenestr.

'Rargian, gad i mi dy helpu di efo hwnna,' meddai Alun, gan gymryd yr hambwrdd oddi arni a chamu allan i'w osod ar fwrdd bach ar y teras. 'Pa gadair gymi di? Cym dy ddewis!'

Roedd rhywbeth yn hwyliog yn yr olygfa o'i blaen. Yr ardd fel darlun o lawnt gwesty bach ar y cyfandir yn rhywle, gyda'r dŵr llachar las yn gefndir iddo, a byrddau wedi'u gosod hwnt ac yma – un ohonynt ac ambarél yn ei gysgodi'n johói – a dwy neu dair o gadeiriau o amgylch pob un, ond nad oedd y dodrefn, yn yr achos hwn, ddim i gyd yn cydweddu.

'Edrych yn joli?' gofynnodd Alun, gan gymryd brechdan a throi yn ei ôl i'r tŷ. 'Fydda i efo chdi rwan. Gin i rywbeth dwi eisio'i orffen.'

Nodiodd hithau dan wenu a rhoi'i hun i orweddian ar y gadair hir wrth law. Ym morderi'r lawnt pefriai sbloet oren y pabi uwchben lliaws lliw leim y mentyll Mair, a digonedd ohonynt ar ôl er gwaethaf lladradau Saran. Draw ar y lan gyferbyn roedd trwch o fwg gwyn yn codi'n un hwrdd o waelod gardd ac i'w weld yn teneuo wrth ymwthio drwy ganghennau'r coed ar y llethr. Hwyliai dyrnaid o gychod gwyn yn ddiog a dibwrpas ar y dŵr. Roedd y Fenai'n llonydd, llonydd, bron â chyrraedd penllanw. Dechreuodd deimlo'n braf a gosododd ei hun yn gyfforddus, gan adael i'w sandalau ysgafn lithro oddi ar ei thraed.

Cariad ar yr olwg gyntaf fu hi gyda safle Bryn Gorad o'r munud y daeth Alun a hithau am y tro yn y dreif wrth ddod o dŷ Hanna a chael cipolwg ar y dŵr gwyrddlas. Gallent weld yn syth fod angen côt o baent ar y portsh siabi a'u hwynebai yn nhalcen y tŷ, ac roedd gwaith i'w wneud ar y tu mewn hefyd, fel y canfuont ar unwaith wrth boeri ar eu bysedd i rwbio cylchoedd glân yn yr heli budr ar y ffenestri. Er gwaethaf hynny i gyd, roedden nhw wedi gwirioni, a dechreuasant redeg fel pethau gwyllt a gwmpas y lle, drwy dyfiant y cae o lawnt ac i fyny'r ardd gefn, gan sefyll yno ar ben y bryn i gael eu gwynt atynt a chwerthin wrth sbecian rhwng y coed ar Manw'n golchi'r llestri yn y gegin tra oedd Hanna a Leila'n cael eu sgwrs yn y parlwr.

Cofiai fel roedd ei phen yn chwyrlïo. Digwyddasai popeth mor gyflym. Un munud roedd hi â'i bryd ar fynd i goleg celf a'r munud nesaf, fel petai, roedd hi wedi pwdu am na châi, ac yn gweithio yn siop W.H. Smith, y siop nesaf at fanc Mr Lewis, swydd dros yr haf a dyfodd yn waith mwy parhaol. A dyna lle roedden nhw, Alun a hithau, brin flwyddyn ymlaen, wedi dyweddïo ac yn meddwl am brynu tŷ. A chyn pen dim wedyn cafwyd sêl bendith Mr Lewis a aeth i mewn i bopeth gyda chrib mân, gan roi'r blaendal iddynt yn anrheg priodas.

Ar y cyntaf roedd hi wedi bod yn siomedig iawn gydag ymateb ei mam parthed y coleg celf. Ar hyd y ffordd adref o'r ysgol ar y bws bu ar ei huchelfannau am fod Miss Wade wedi awgrymu bod y ddawn ganddi i fynd i le felly; y llygaid llwydlas wedi syllu arni'n ddifrifol wrth ddweud, a'r amrannau hir hynny'n welw gan haen ysgafn o bowdwr wyneb. Ond wrth gerdded adref i fyny'r allt yn y glaw daeth i feddwl yn fwy realistig oherwydd byddai'n golygu mynd i ffwrdd ymhell, yn ôl Miss Wade, ac ofnai na fedrai'i mam weddw fforddio'i hanfon oddi cartref i goleg. Erbyn cyrraedd y tŷ roedd hi wedi rhyw hanner baratoi'i hun ar gyfer ateb o'r fath. Mewn ffordd, byddai wedi medru derbyn hynny. Ond ymateb Harriet yn syth oedd: 'I be'r ei di i le felly?' Fel petai hi ddim yn gweld y pwynt o addysg mor ddi-alw-amdano nac ychwaith yn deall yr awydd am ledu adenydd. A doedd hithau ddim wedi pledio a dyfalbarhau; efallai, yn wir, y byddai'n rhy gostus. Ond wedi hynny, doedd dim cwrs arall na choleg yn nes yn tycio.

Roedd wedi meddwl am aros ymlaen i weithio yn y siop am ychydig ar ôl priodi oherwydd, er cymaint oedd haelioni'i darpar dad-yng-nghyfraith, byddai'n dal yn gryn ymdrech i gynnal taliadau'r morgais. Gallai fynd yno ar y bws bob dydd a chael cinio gyda'i mam. Ond doedd ei mam ddim yn gefnogol i'r syniad, mwy na Mr a Mrs Lewis, nad oeddynt erioed, yn ddiweddarach, wedi mynegi gwrthwynebiad yn achos Dora, a barhaodd yn ddarlithydd coleg ar ôl priodi Rhys.

Alun oedd wedi rhoi pen ar ei bwriadau da yn y diwedd. Gallent ymdopi rywsut heb ei chyfraniad hi, meddai, pan eisteddent un noson yn y Riley bach oedd ganddo bryd hynny, ac wedi'r cyfan, ychwanegodd, doedd hi ddim fel petai'n fater o ddifetha gyrfa.

Closiodd ati, heb yr un syniad ei fod wedi dweud dim byd a allai'i brifo. 'Dwi'n tynnu 'mlaen, ysti,' meddai.

A chwarddodd hithau. Prin, yn wir, ei fod wedi dweud dim o'i le. Sylw bach a'i tarodd am eiliad oedd o, dyna i gyd. Pan sylweddolodd fod Alun yn ei charu roedd wedi bod yn llawen i roi'r gorau i bob uchelgais am fynd i goleg.

'Na, wir, rŵan, Alys, dwi'n teimlo 'mod i eisio setlo i lawr. Dechrau teulu. Dŵad adra i nôl cinio a phetha felly. Dy gael di i gyd i mi fy hun.'

Ond ni wireddwyd mo gobeithion Alun ynglŷn â chael teulu'n ddiymdroi. Er yr oriau cinio serchus pan adawyd y bwyd ar ei hanner yn aml, nid ymddangosodd Saran am dros bedair blynedd ac ymhen dwy flynedd wedyn roedd hi wedi colli babi ac, ysywaeth, ni fu dim chwaneg o deulu.

Estynnodd Alys ei llaw allan i ymbalfalu am y brechdanau oddi ar yr hambwrdd wrth ei hochr, gan droi ei phen i weld lle roedd Alun arni. Gallai'i weld drwy'r ffenestr agored, wrthi gyda'i gryno-ddisgiau, yn plygu dros yr hei-ffei a blaen ei dafod allan i gynorthwyo'r canolbwyntio, yn union fel Saran gyda'i gwaith cartref wrth fwrdd y gegin erstalwm. Gwyddai o'r gorau beth oedd yn ei wneud: trefnu cefndir cerddorol i'r noson. Roedd hynny'n un o'i bethau. 'Helpu pobol i ymlacio, ysti,' dywedai. Dim byd stwrllyd, wrth gwrs, y cynilaf o gefndiroedd cynnil. Arferai ymffrostio mai prin y sylwai neb arno.

Sythodd ei gefn am funud i wrando ar y gerddoriaeth ddistaw, gan hanner gwenu fel petai'n syllu i geg rhyw ogof o ryfeddodau. Bu hi'n meddwl fwy nag unwaith tybed a oedd wedi treulio'r blynyddoedd yn y swydd iawn, yn ymlafnio gyda chyfrifon ac ystadegau. Gwaith dienaid, neu felly y tybiai hi. Ond perthynai'r ddau ohonyn nhw i genhedlaeth a dueddai i gydymffurfio'n fwy â dyheadau rhieni.

A mynnodd lluniau o'r gorffennol fflachio i'r wyneb fel yr edrychai arno, munudau cyfrinachol na allai ddioddef eu cofio bron. Dawns diwedd tymor y clwb tennis ar ôl iddi adael yr ysgol, ac Alun, gynted i'r band gychwyn pyncio, yn cerdded ar draws gwacter llawr y neuadd tuag ati hi a neb arall. A'r llythyr a adawodd iddi rhwng cloriau'r llyfr yn W.H. Smith a hithau'n aros drwy'r dydd mewn gwewyr braf cyn ei agor ym mhreifatrwydd ei llofft oer ac fel y daliodd ei hun yn ei ddarllen yn nrych y bwrdd gwisgo, gan wybod y byddai'n cofio'r foment.

Ar hynny, fel petai'n ymwybodol ei bod yn edrych arno, daeth Alun allan o'r tŷ.

'Sori, cariad,' meddai, gan dywallt coffi iddo'i hun o'r fflasg, 'ond well i mi sortio petha allan tra mae 'na lonydd i'w gael. Fydd Rhys a Dora yma toc, mae'n siŵr,' a chododd ei blataid o fwyd yn barod i'w gario i'r tŷ. 'A Tilda, wrth gwrs. Duwcs, faint sy 'na ers pan welis i Tilda ddwytha?'

Suddodd calon Alys wrth glywed y cwestiwn. Doedd arni ddim eisiau mynd i ddechrau manylu am ba bryd y gwelwyd Tilda ddiwethaf gan y naill na'r llall ohonynt.

Faint bynnag oedd hi er pan welodd Alun hi, meddyliodd, byddai'n rhaid iddi gofio rhoi'r argraff nad aethai cymaint â hynny o amser heibio er iddi hi ei 'gweld', fel petai, er bod blwyddyn ers hynny hefyd bellach. Roedd gofyn parhau gyda'r actio, a hithau wedi dyheu am gael gwared o'r baich hwnnw am byth. Doedd dim diwedd i'r twyllo unwaith oedd rhywun wedi dechrau dweud celwydd.

Ond brysiodd Alun yn ôl i'r tŷ heb aros am ateb, ac erbyn iddi ailwrando ar y geiriau yn ei phen swnient yn debycach i gwestiwn rhethregol na dim byd arall, yn fwy fel synnu wrtho'i hun fel mae amser yn hedeg.

Gorweddodd yn ôl yn ei chadair hir, gan ei chysuro'i hun fod y byw celwydd drosodd i bob pwrpas. Bu mor ofalus ar hyd yr amser na châi Alun achos i amau dim. A chan fod popeth ar ben rhwng Frank a hithau, doedd dim angen iddo wybod byth.

Daethai'r garwriaeth i ben ers amser, ers blwyddyn, er y parti tua'r adeg yma y llynedd, ond roedd hi wedi synhwyro bod y rhialtwch yn dirwyn i ben cyn hynny hyd yn oed, pan aethant i ffwrdd gyda'i gilydd i'r dref bysgota fechan honno unwaith eto, fel y digwyddodd pethau. Honno oedd eu taith olaf. Ac oherwydd eu bod wedi dychwelyd i'r un fan fe'i trawodd hi ar unwaith ei fod fel cyrraedd lefel is ar risiau troellog. Doedd yr un cyffro â chynt ddim yno, ac yn y boreau, yn lle clywed sŵn y tonnau, roedd hi'n fwy ymwybodol o rygnu parhaus y tractor melyn ar y traeth, yn gwthio'r graean yn ei ôl o fin y dŵr rhag i chwaneg o'r arfordir ddiflannu o'r golwg dan y môr.

Dim ond rhyw ddwywaith mewn blwyddyn ar y mwyaf yr aent i ffwrdd i aros. Mynd am dro yn y car am ychydig o oriau a wnaent yn bennaf, ac unwaith, pan oedd Barbara wedi mynd oddi cartref, bu i lawr y grisiau yn y tŷ ar draws y dŵr. Penderfyniad sydyn oedd hwnnw ac roedd yn edifar ganddi. Yn bennaf, yn rhyfedd iawn, oherwydd yr arwyddion bychain o gwmpas y stafell wely fod Barbara wedi gorfod brysio i ddal ei thrên, manion fel y teits wedi'u taflu o'r neilltu i'r gornel dywyll rhwng y wardrob a'r drws, a'r cambrenni dillad wedi'u gadael rywsut rywsut lle roedden nhw wedi disgyn ar y llawr. Mewn ffordd od, y rhain a'i dwysbigai, ei bod yn tresbasu ar breifatrwydd dynes arall, dynes a ymfalchïai yn ei rheolaeth ar fywyd.

Ar hyd y ffordd adref o'u gwyliau olaf gyda'i gilydd cadwodd y ddau y sgwrs i redeg. Sgwrs ysgafn, arwynebol, fel petaen nhw am y gorau'n osgoi distawrwydd neu, gwaeth fyth, drafodaeth. Torrwyd ar y siwrnai ddwywaith, unwaith i gael bwyd pan oeddynt tua hanner ffordd, ond cyn hynny stopiodd Frank y car ger y llwybr a arweiniai at eglwys do gwellt y bwriadent fynd i'w gweld ar siwrnai arall un tro ond rywsut neu'i gilydd wedi methu sbario'r amser ar y pryd. Roedd hwnnw'n seibiant pleserus. Frank ar ei fwyaf swynol yn parablu am y bensaernïaeth hynafol ac yn dod o hyd i nodweddion bach cywrain i'w dangos iddi, y cyfan fel brith atgof o ddod ar draws y llyrlys erstalwm. Ond unwaith eto cafodd ei hatgoffa o'r grisiau troellog yn mynd ar i lawr. Ac wedi ailgychwyn ar y daith dychwelodd ei gwewyr. Aethai rhywbeth a ddechreuodd fel hwb i'r galon, fel antur chwareus y credai y gallai'i gadw yn ei le, yn drech na hi ac ni fedrai ddygymod â'r syniad ei fod yn dod i ben.

Pan oedd y garwriaeth ar ei hanterth cofiai amdani'i hun yn ystyried gadael Alun a dychryn wrth sylweddoli beth oedd yn mynd drwy'i phen, rhywbeth a ddaeth drosti'n sydyn nes ei bod bron â mygu. Roedd hi yn y gegin ar y pryd, ei chegin ddel roedd hi bob amser wrth ei bodd ynddi, lle y treuliasai ddyddiau dedwydd ar ôl priodi yn peintio'r cornis plethog o wyddfid melyngoch o amgylch top y pedair wal, llafur cariad a gâi lyfiad o baent i'w adfywio yn awr ac yn y man, a'r unig dystiolaeth o'i llaw artistig ers dyddiau ysgol.

Cofiai'n iawn mai mopio'r llawr oedd hi pan ddaeth y wasgfa drosti, y llawr teils coch a melyn y slafiodd ei mam i'w cael yn lân yn y dyddiau cyn y briodas. Doedd gan Harriet fawr o awydd codi'r leino oedd arno gan y preswylwyr blaenorol; roedd mewn cyflwr digon da i unrhyw un, yn ei barn hi, ac yn batrwm buddiol. Ond fe'i cododd, er hynny, a threulio'r diwrnod ar ei gliniau gyda'r sebon siwgr ac ati nes bod düwch y blynyddoedd wedi mynd bob tamaid.

Beth, mewn difrif, fyddai'i mam yn meddwl ohoni, gofynnodd iddi'i hun wrth iddi agor y drws cefn a phwyso arno i gael awel o wynt, yn rhyfygu rhoi lle i'r syniad o chwalu cartref? Ac arswydai hithau rhag hafog ac anrhaith yr ymwahanu. Ond arswyd gwaeth iddi oedd y gwyddai na ofynnid iddi wneud yr aberth. Ni soniai Frank byth yr un gair am iddynt fyw gyda'i gilydd. A doedd hithau erioed wedi dod â'r mater gerbron. Doedd hi ddim yn un am gymryd yr awenau; roedd elfen ddiamcan wedi bod ynddi erioed. Efallai, yn yr achos hwn, fodd bynnag, ei bod wedi ymatal rhag cymryd unrhyw gam pendant oherwydd ei bod ymhell o fod yn siŵr o'i phethau lle roedd Frank yn y cwestiwn. Weithiau, wrth ddychwelyd o'u cymowta, dywedai wrthi mor braf fyddai peidio gorfod gwahanu ar ben y daith, ond rhyw sylw wrth fynd heibio oedd o, rhyw fwmial yn ei chlust wrth gusanu. Fydden nhw byth yn treulio amser yn trafod y dyfodol. A gwyddai yn ei chalon nad un felly oedd Frank.

Parhaodd ei hofnau wedi iddi gyrraedd adref o'r daith olaf honno er ceisio gwneud ei gorau i'w hwfftio o'r neilltu. Efallai bod yna rywun arall; roedd hwnnw'n fwgan yng nghefn ei meddwl. Ond, twt, efallai mai dychmygu roedd hi, mynd o flaen gofid, ac erbyn y tro nesaf byddai popeth yn iawn rhyngddynt unwaith eto. Ond y drwg oedd na ddeuai'r tro nesaf am yn hir. Roedd cyfnod gwyliau'r haf o'u blaenau pan fyddai Alun a hithau'n mynd i Sbaen ac yna Saran yn dod adref am sbel, a Barbara a Frank, fel y cafodd glywed ar y ffordd yn ôl yn y car, yn mynd i Alaska yn fuan wedi hynny. Cyn y gwyliau, wrth gwrs, fe gynhelid parti haf Bryn Gorad fel arfer, pryd y byddent yng nghwmni'i gilydd, mewn ffordd o siarad, ond go brin y byddai hynny'n cyfrif nac yn ateb ei diben.

Rai dyddiau'n ddiweddarach, fodd bynnag, daeth i edrych yn fwy gobeithiol ar bosibiliadau'r parti wrth i Alun wyntyllu'i syniadau ar gyfer y noson.

'Beth am roi tipyn o naws Sbaenaidd i'r parti 'leni?' gofynnodd yn sydyn un min nos wrth iddynt eistedd yn hanner darllen a hanner gwylio'r teledu. Roedden nhw ill dau wedi bod yn mynychu dosbarthiadau nos drwy'r gaeaf cynt yn astudio hanes Sbaen ac yn dysgu rhywfaint o Sbaeneg ar gyfer eu gwyliau yn Andalwsia.

Parti i gymdogion a chyfeillion lleol oedd o am fod, nid un mawr yn cynnwys y teulu a rhai o bell yn ogystal, fel y rhagwelai Alys yn gyfrinachol y byddai parti ymddeol Alun y flwyddyn ganlynol. Er hynny, cynhesodd Alun i'w thema ac fel yr âi yn ei flaen daeth hithau hefyd i seilio'i gobeithion ar y noson Sbaenaidd ac i edrych arni fel her, fel cyfle i adnewyddu'i hysbryd.

'*Gazpacho*! *Paella*! *Rioja*!' gwaeddodd Alun yn ei acen orau, ac ar unwaith dechreuodd Alys feddwl am y bwyd ac am wefusau hirfain Frank yn ei fwyta, ac fel y byddai Barbara yno hefyd, a chlywai ryw *frisson* yn cerdded drwyddi, yr hen ysfa gystadleuol yn cyniwair o'i mewn i ddangos llaw mor dda oedd ganddi wrth goginio.

'Tipyn o Olé!' meddai Alun wedyn, gan godi'i fraich dde yn yr awyr a'i gollwng drachefn ar ei lin; wedi ei bwriadu'n ystum Sbaenaidd, ond yn dwyn i gof yr ystum nodweddiadol oedd ganddo pan ddigwyddai glywed stori oedd yn ei oglais. Symudiad braich na welsai Alys ers tro byd.

Cafodd ddyddiau o bleser wedyn yn hel y bwyd a'i ddarparu ac erbyn noson y parti, pan oedd pawb wedi cyrraedd a'r amser wedi dod iddi hi fynd trwodd i'r gegin i ymorol am weini'r swper, teimlai'n bur hyderus.

Roedd y *paella* yn ddigon o ryfeddod wrth iddi'i daro ym mhopty'r Rayburn i orffen coginio, y llysiau gwyrdd a choch a'r berdys pinc yn edrych yn dda ar eu gwely o reis saffrwm gloyw, ac ar ben y stôf roedd y cregyn gleision yn barod i'w stemio ar gyfer yr addurno munud olaf. Yna tynnodd y ddysglaid fawr o *gazpacho* o'r oergell a chododd sawr y tomatos a'r ciwcymbr, y garlleg a'r wynwyn i'w ffroenau. Roedd y swper am fod yn llwyddiant. Gwenodd wrth osod y ddysgl yn ofalus ar fwrdd y gegin. Dau funud fyddai hi'n ffrio'r *croûtons*, roedd y bara wedi'i dorri'n barod ganddi, ac yna – tarantarâ, tarantarâ – agorai ffenestr yr hatsh i'w serfio o'r fan honno.

A dyna pryd y digwyddodd hi edrych drwy wydr yr hatsh, a sefyll yn stond. Beth welai ond Frank wrthi'n sgwrsio â Thelma benfelen o swyddfa Alun, merch ifanc dlos mewn ffrog goch a bwa pluog du am ei gwddw. Safai'r ddau ar ganol llawr y stafell fyw heb neb wrth eu hymyl yn digwydd bod; dim ond y nhw a welai wedi'u fframio gan sgwâr yr hatsh. Roedd fel bod yn y sinema yn gwylio siot ar y sgrin, Thelma wedi troi'i phen i siarad â Frank ac yn edrych i'w wyneb, a chynffonnau'r bwa pluog yn chwarae'n ysgafn ar noethder ei chefn.

Roedd yn ddarlun a'i hatgoffai'n syth o ffilm a welodd unwaith am eneth ifanc uchelgeisiol oedd â blys gwneud ei marc fel gohebydd teledu ym Miami, a'i bòs, hen law yn y byd newyddiadurol a chwaraeid gan Robert Redford, wedi cymryd arno'i hun ei rhoi ar ben ffordd ac ynghanol y cyfan, maes o law ac yn anochel, yn syrthio mewn cariad â hi ac yn ei phriodi. Digwyddodd y closio cyntaf yn araf deg dros bryd o fwyd – rhywbeth felly – waeth befo – cyn i'r garwriaeth gyflymu mewn *montage* o'r amserau da a ddilynodd; dalcen wrth dalcen, y ddau ohonyn nhw, yn y bwyty neu ble bynnag, a'r ferch yn astudio wyneb Redford fel ysgolhaig yn craffu ar hen femrwn.

Nid bod Frank a Thelma dalcen wrth dalcen yn hollol, ond gan ei fod gymaint yn dalach na hi roedd wedi gwyro'i ben tuag ati rhag gorfod siarad yn uchel. Gwelai Alys ei wefusau'n symud a Thelma'n ei ateb. Sgwrs ddidaro, annaturiol o ddi-wên, fel petasai menyn ddim yn toddi yng ngheg y naill na'r llall. Mymryn o drafod amhersonol cyn gwahanu'n swta. Clip byr o ffilm, drosodd mewn chwinciad, ond yn cael ei chwarae'n arafsymudol o flaen llygaid Alys.

Gwyddai ym mêr ei hesgyrn beth oedd diben y sgwrs. Rhywbeth y byddai'i mam wedi'i alw'n 'gwneud points'. Ac yn ddiweddarach ategwyd ei chasgliadau pan ddaliodd hwy'n edrych ar ei gilydd ar draws y stafell. Adwaenai'r arwyddion yn dda; pwy'n well?

Gwnaeth ei hun yn brysur am weddill y noson, yn cynnig chwaneg o fwyd, yn stacio'r peiriant golchi llestri yn swnllyd, yn symud ei gwesteion o un lle i'r llall er mwyn gwneud yn siŵr fod gan bawb gwmni diddan. Ond o'i mewn roedd y westeiwraig hawddgar yn gandryll. Cafodd flas arbennig ar symud Frank a Thelma at ei gilydd. Croeso iddi wrtho, can croeso iddi edrych yn ei wyneb rhychog.

Parhaodd yn y dymer hon am rai dyddiau. Yn wrthryfelgar, yn heriol, yn malio'r un botwm. Roedd digon ganddi i'w wneud i baratoi ar gyfer Sbaen a glanhau'r tŷ o'r top i'r gwaelod, fel y gwnâi bob amser cyn mynd i ffwrdd.

'Gwynt teg ar ei ôl o!' datganodd yn uchel yn y groglofft un bore wrth fynd i estyn y cesys a orweddai yno'n bentwr twt, pwrpasol yng nghanol broc môr y blynyddoedd, a rhoes wth i'r hen geffyl pren, a'i gyrrodd i siglo'n garlamus.

Aeth mor bell â theimlo'n ddiolchgar fod y berthynas wedi dod i ben, fod baich euogrwydd yn dechrau llacio'i afael ar ei gwar, a hynny heb rwyg rhyngddi hi ac Alun gan mor ofalus y bu hi. A heb orfod ffraeo gyda Frank chwaith, dim dannod na thorri i lawr nac iselhau'i hun. Pe digwyddai ffonio rywdro ar ôl y gwyliau, fe ddywedai wrtho'n dawel gadarn fod arni eisiau gorffen. Ac yn y cyfamser go brin y clywai ganddo; roedd yr wythnosau teuluol hyn yn yr haf bob amser wedi bod yn rhai pan nad oedd eu carwriaeth, mewn ffordd ymarferol, yn bodoli.

Ond rhag ofn y ceisiai gysylltu â hi, bu'n chwarae â'r syniad o beidio ag ateb y ffôn o gwbl pan oedd yn y tŷ ar ei phen ei hun, rhag cael ei themtio i flagardio neu, gwaeth fyth, i gloffi rhwng dau feddwl. Penderfynodd yn erbyn hynny, fodd bynnag; byddai Alun yn siŵr o geisio'i chael i mewn rywbryd yn ystod y dydd, cofio'n sydyn yn y gwaith am ryw fanion bethau ynglŷn â'r gwyliau y dylai hi ofalu amdanyn nhw 'gan fod ganddi fwy o amser na fo'. Ond doedd dim rhaid iddi boeni. Barbara ffoniodd i ddiolch am y parti ac i ddymuno'n dda iddyn nhw yn Sbaen. Ni chlywodd air oddi wrth Frank.

Wedi hynny, roedd y mynd a dod parhaus yn cynnal ei hysbryd. Yr hedfan i Malaga yng Ngorffennaf, a gwres a golygfeydd Andalwsia yn sugno'i holl fryd a'i hegni nes bod dim amser i feddwl; nid Alys oedd hi, ond twrist. Yna yn Awst perswadiodd Saran hi i fynd yn ôl i Lundain gyda hi am ychydig a dyna lle buon nhw'n mynd o gwmpas yr orielau a'r siopau. A daeth Gwen draw i swper un noson, y tro cyntaf i Alys ei chyfarfod. Dyddiau llawn a aeth heibio'n ddigon diddan, ond ei bod hi wedi cael y ffrae wirion honno gyda Saran wrth gychwyn yn ei hôl. Doedd hynny ddim yn ddrwg i gyd chwaith; llanwodd ei bryd yn y trên â rhywbeth heblaw Frank.

Rhwng popeth, llwyddodd i'w gau o'i meddwl am weddill yr haf ond fel y daeth yn Fedi fe fynnodd yr hen anesmwythyd wthio'i hun i'r wyneb a'i handwyo. Tybiai y byddai Frank wedi hen ddychwelyd o Alaska ac y byddai wedi ailddechrau yn ei swyddfa. Fwy nag unwaith bu ond y dim iddi godi'r ffôn a gofyn am gael siarad â Frank Rees, ond ni wnaeth. Gwaredai rhag clywed llais y teipydd ar y pen arall yn mynd drwy'i phethau: 'A be 'di'r enw, os gwelwch yn dda?' Dim ond un tro roedd hi wedi ffonio Frank yn y gwaith, yr amser pan gafodd ddos sydyn o ffliw ac y gorfu iddi newid rhyw drefniant oedd ganddyn nhw ar frys.

I osgoi'r demtasiwn treuliai oriau yn tacluso'r ardd. Erbyn hynny roedd y dail yn dechrau disgyn ac angen eu hel oddi ar y lawnt, ond di-lun iawn oedd y cribiniwr. Edrychai i gyfeiriad y dŵr, yn methu gweld dim ond gwacter o'i blaen: tradwy yn dilyn trennydd yn dilyn fory.

Un hwyr, fel roedd hi'n dechrau nosi, fe'i cafodd ei hun yn cerdded i lawr y lôn a arweiniai at y gored, heb wybod yn iawn ai hi ynteu rhywun arall oedd yno yn nhywyllwch y ceunant, dan gysgodion siglog y coed ffawydd. Swniai crensian ei hesgidiau cryfion ar y ffordd arw yn ddigon real iddi, ac roedd brith gof ganddi eu rhoi amdani rhag gwangalonni wrth gyrraedd cerrig anhydrin blaen y traeth.

Wrth lan y dŵr safodd i syllu ar wydr gwyrddlas-dywyll yr afon, yno yn y fan lle bu gynt guro polion i'r llaid a phlethu carchar o wiail i'r gorbenwaig gloywon a gâi bellach nofio'r môr ar led.

Felly toc câi hithau nofio lle roedd myrdd o drigfannau, drwy libart yr heigiau tawel; hwylio dros welyau'r cregyn gleision, dan ganopi'r dail gwymon a'r brŵal, yng nghwmni gwrachod brithion a gwyniaid brych, sili-dons ac eurbennau; busnesa yn y creigiau rhynglanwol ymysg llythod a sgorpionau môr a lle daw brithyllod Mair yn y gaeaf i silio; plymio i ddyfnderoedd llysywod y môr ger Pont y Borth; ymdroi yn y gerddi sbwng a diogi ar y rhandiroedd tywodlyd, preswylfeydd y lledod a'r chwyrnwyr; estyn croeso i'r ymwelwyr yn y gwanwyn a'r haf, yn fecryll a phenfreision ifainc, morleisiaid a gwyniaid y môr, ac ambell swanciwr prin ar dywydd poeth.

Sgrialodd i ben un o'r cloddiau cerrig a oedd yn ymestyn i'r afon ac yn graddol ddiflannu dan y dŵr wrth i'r llanw ddod i mewn; âi'r rhodfa hon â hi'n nes at ddyfnder y sianel. Perthynai'r cerrig hyn i fenter fwy diweddar na'r gored ar y fflatiau llaid; adeiladwyr y rhain a symudodd byst trap hirgrwn y pysgod ymaith er mwyn creu amddiffynfa betryal i'w gwelyau wystrys, hwythau bellach wedi darfod ers canrif a mwy.

Camodd ymlaen yn ofalus nes dod yn ymwybodol fod yr awyr o'i chwmpas yn ddryswch o leisiau. 'Alys! Alys!' o rywle ar y lan yn cystadlu â bloeddiadau aneglur yn nesáu ar awel yr afon. Tua'r gorllewin roedd y dŵr yn olau, ac o loywder arallfydol y machlud ymddangosodd dau gwch. Yn y naill, yn isel ar wyneb y llif, roedd wyth rhwyfwr a'u cocs yn ymarfer ar gyfer ras y colegau, a rhywun yn y cwch modur cyfochrog yn gweiddi cyfarwyddiadau drwy uchelseinydd. Rhwng taerineb yr anogaeth a rhythm didostur y rhwyfo, ni sylwasant ar y ffigur wedi fferru rhyngddynt a'r lan. Na chlywed Alun chwaith yn galw o'r ceunant fel dyn o'i gof.

'Alys!' meddai Alun gan bwnio'i braich. 'Alys! Maen nhw yma!'

Edrychodd hithau'n wirion ar weddillion crimp y brechdanau ar ei glin. Rhaid ei bod wedi hepian am funud wrth hel meddyliau. Wedi gollwng y rhaffau a llithro i'r dwfn. A rŵan dyma Dora a Rhys wedi cyrraedd, 'mwyn tad, a hithau heb glirio. Neidiodd oddi ar ei chadair a chario'r hambwrdd i'r gegin.

'Sut wyt ti'r hen ŵr?' clywai Dora'n holi.

Roedd y drws ffrynt ar agor a'i llais yn cario ar hyd y cyntedd.

'O, dal i fynd, ysti, nain.'

Roedd Dora a Rhys yn daid a nain am y tro cyntaf a newydd ddychwelyd o fod yn gweld eu hwyres fach yng Nghanada lle roedd eu mab, Ben, yn byw.

Yn y gegin tynnodd Alys ei brat a dechrau symud y peth yma a'r peth arall o un lle i'r llall. Nid edrychai ymlaen ryw lawer at weld ei chwaer-yng-nghyfraith. Doedd eu cyfeillgarwch ddim wedi ffynnu ar ôl dyddiau'r ysgol, er iddynt ddod yn aelodau o'r un teulu beth amser cyn i Dora orffen ei chwrs yng Nghaer-grawnt. Yn wir, dechreuodd yr ymbellhau cyn iddi fynd yno o gwbl, yn y gwyliau ar ôl i'r ddwy orffen yn yr ysgol ac i Alys ddechrau yn y siop. Ar yr un pryd, yn Bank Place, y drws nesaf i'r siop, roedd Dora a'i mam ynghanol halibalŵ llenwi'r gist er mwyn ei hanfon ymlaen llaw ar y trên ac yn brysio hwnt ac yma i brynu defnyddiau i'w gwnïo'n ddilladau digon o sioe, miri yr oedd Alys yn fwy ymwybodol ohono na Tilda, a deithiai allan o'i gyrraedd ar y bws i'r dref bob bore i'w byd cyffrous ei hun.

Wedi hynny, doedd natur y berthynas byth yr un fath. Gwnaeth Dora gylch newydd o ffrindiau, a phan ddeuai adref naill ai roedd gwaith academaidd ganddi i'w wneud neu roedd ffrindiau coleg yn aros gyda hi ac, er y câi Alys ei gwadd i ymuno â nhw, teimlai allan ohoni yn eu cwmni. Doedd y diddordebau ddim yr un fath. A phan briododd Alun a hithau daeth i edrych ar Dora'n fwy fel chwaer-yng-nghyfraith nag fel hen ffrind. Efallai y byddai wedi bod yn wahanol pe baent yn byw yn nes at ei gilydd wedi hynny, ond aethai Dora'n syth o Gaer-grawnt i Gaerdydd yn ddarlithydd Almaeneg ac yn fuan ar ôl mynd yno cyfarfu â Rhys, un â'i wreiddiau ym Morgannwg ond a ffermiai ger Henffordd ac a atgyfododd ei gof plentyn o'r Gymraeg dan ddylanwad Dora pan anwyd eu dau blentyn, Ben a Lowri.

Erbyn i Alys gyrraedd y drws ffrynt i'w croesawu roedd criw yno'n siarad ac yn chwerthin yn un cylch yn ymyl y ceir, gan fod Saran a Gwen wedi dod yn eu holau ar ôl bod yn ymdrochi, eu gwalltiau'n dalpiau tamp a'r cŵn bach dan eu ceseiliau.

Rhys oedd y cyntaf i sylwi arni'n sefyll yng nghysgod y portsh.

'Shw mae, cariad?' gwaeddodd wrth lamu i'w chyfarch, yn glamp o ddyn yr awyr agored ac yn frown fel cneuen.

'*And slimmer than ever*, I see,' meddai wrth roi'i freichiau brychni haul amdani.

''Rhen dwrw mawr 'di cyrraedd, Alys,' meddai Dora, gan roi cusan iddi. 'Sut wyt ti? Ti'n edrych yn grêt. Dwi'n gobeithio nag ydan ni ddim yn rhy hwyr i roi hand i ti. Ar Rhys mae'r bai.'

'Ie, ie, shwd gyment o waith darllen arwyddion ffyrdd wedi croesi Clawdd Offa a minne'n *slow reader*, neu dyna mae dy chwaer yn dweud wrtho i, Alun.'

'Paid â'u deud nhw!' protestiodd Dora. 'Troi oddi ar yr A55 i weld sut olwg oedd ar Bank Place ddaru ni. Meddwl y bydda Mam a Dad wedi'u plesio'n bod ni 'di bod.' Roedd bron i ugain mlynedd er pan symudodd Mr a Mrs Lewis oddi yno a bellach roeddynt yn byw mewn byngalo ar dir Rhys a Dora. 'Ac wrth gwrs, ar ôl stopio, roedd yn rhaid i Rhys gael tynnu llunia o bob man. Dwn i'm i be, chwaith. Dydi'r gornel yna o'r hen le ddim 'run fath, nag 'di? Yn enwedig ar ôl i dy siop Smith di fynd, Alys.'

Diflannodd Saran a Gwen i'r tŷ, gan gynnig dod â lluniaeth allan i bawb yn ôl yr angen.

'Mam a Dad yn anfon eu cofion, does dim rhaid i mi ddeud,' meddai Dora wedi i Alun ddod â chadeiriau at ei gilydd ar y teras.

'O'n i 'di hanner gobeithio y bydden nhw'n newid eu meddyliau'r munud ola ac yn dŵad efo chi,' meddai Alun. 'Oedd Hanna 'di eirio gwely iddyn nhw.'

'Na, mae'r dyddia yna drosodd, gin i ofn. Mae teithio'n bell 'di mynd yn ormod iddyn nhw. Mi welwch chi newid yn'yn nhw pan ddowch chi draw. Ia, a pryd fydd hynny, 'sgwn i? Fuoch chi ddim acw ers hydoedd. Fydd gin ti ddigon o amser rŵan, Alun. Dim esgus dy fod ti'n rhy brysur ac ati.'

Cododd ei llaw oddi ar fraich y gadair i bwysleisio'r neges a sylwodd Alys nad oedd yn gwisgo'i modrwy briodas. Yn sicr, roedd y bysedd medrus wedi lledu, fel pob rhan arall o Dora, a chafodd ei hun yn ceisio penderfynu ai dyna'r rheswm ai peidio.

'Ia, ella down ni cyn i'r tymor ddechra i ti. Gawn ni weld sut bydd hi arnon ni, 'te Alys?' ac edrychodd Alun yn gyflym i'w chyfeiriad. 'Mae'r ddau'n swnio mewn hwyliau da bob tro fyddwn ni'n ffonio,' ychwanegodd fel petai'n ceisio'i gyfiawnhau'i hun.

'O, yndyn, maen nhw'n reit dda yn eu hunfan. Mam ddim yn gweld ddigon da i wnïo ond Dad yn dal i gael pleser yn englyna. Ar ganol un rŵan i'r babi newydd. Ac roeddan nhw'n iawn tra oeddan ni yng Nghanada ond bod Mrs Bailey'n cadw llygad arnyn' nhw, wrth gwrs.'

'*Our treasure*,' bloeddiodd Rhys, nad oedd eto wedi eistedd ond, yn hytrach, a safai a'i ddwylo yn ei bocedi yn edrych ar yr olygfa.

'Ia, mae'n dal i ddŵad acw yn yr wythnos i lanhau i ni, ond mae Lowri'n dŵad adra heno i neud yn siŵr eu bod nhw'n iawn dros y Sul.'

'Ond sa i'n gwybod beth ddwedan nhw fod y cariad wedi dod 'da hi!' meddai Rhys.

'Peidiwch â sôn, 'dan ni'm 'di deud wrthyn nhw eto 'u bod nhw'n rhannu fflat yn y coleg,' meddai Dora, wrth Alys yn bennaf. 'Mae hi'n gneud yn dda, ysti, Alun,' ychwanegodd, gan droi at ei brawd.

'Lowri? Wel, yndi, 'ddyliwn. Peiriannydd Cemegol cynta'r teulu!'

Tybiai Alys fod rhywbeth yn chwareus yng ngoslef ei lais, bron fel petai'n ceisio dynwared Dora, ond doedd hi ddim yn rhy siŵr. Yn sicr, griddfannodd gymaint â hithau pan agorodd y cerdyn Nadolig oddi wrth Dora y llynedd a gweld y cylchlythyr hirfaith blynyddol y tu mewn iddo, yn cynnwys yr holl hanes a glywyd ganddynt eisoes ar y ffôn o bryd i'w gilydd. Ac eto roedd bob amser yn barod i amddiffyn ei chwaer pan awgrymai hi rywbeth i'r perwyl mai molawd i lwyddiannau'r teulu oedd y truth teipiedig.

'A bod yn deg, cariad, mae'n debyg nag ydi hi ddim eisio i Hanna frolio'i bod hi 'di cael un, a ninnau ddim.'

Ac roedd yn rhaid iddi gyfaddef fod Hanna yn dueddol i gyfeirio at y llythyrau pan aent i'w gweld adeg y Nadolig ac, yn fwy na hynny, cofiai fel y mynnodd ddarllen rhannau o lythyr y llynedd yn uchel yn eu gŵydd.

'Tydi hi'n sgwennu'n dda?' meddai wrth ei roi'n ei ôl i Manw ei gadw yn y biwro.

Roedd yn rhaid cydnabod hynny hefyd, fod graen ar y llythyrau fel gyda phopeth a wnâi Dora. Er bod ei chartref a'i swydd academaidd ganddi, medrai drefnu'i hamser yn ôl y galw, gan gynnwys troi rholiau mawr o ddefnyddiau yn llenni ac yn orchuddion cadeiriau proffesiynol yr olwg. Ac yn awr, yn ddigon siŵr, byddai'n dechrau gwneud ffrogiau bach smocwaith i'r babi fel y gwnâi ei mam iddi hithau, yn ôl y lluniau yn Bank Place erstalwm.

Fel arfer, yng nghwrs y blynyddoedd, roedd darllen y cylchlythyrau wedi bod yn rhan o ddefod y Nadolig i Alys ac fe'i derbyniai fel arwydd arall o'r Dora oedd â'r cyfan ganddi, gan fwynhau'r sylwadau bach doniol a ymddangosai wrth fynd heibio yn y testun gyda'r rhesi o ebychnodau'n eu dilyn. Dim ond bod yr un a ddanfonwyd y Nadolig diwethaf, pan oedd popeth wedi mynd ar chwâl iddi hi, wedi'i tharo fel darlun teuluol poenus o ddelfrydol, un oedd yn rhydd o bob anghaffael ac aflwydd.

'A'r ferch gynta yn ei choleg hi i gymyd y cwrs,' clywai Dora'n dweud wrth Alun.

Roedd Rhys wedi bod yn nôl ei gamera o'r car ac yn mynd i ben draw'r lawnt i edrych ar y dŵr, a dihangodd Alys i'w ganlyn.

'Gwell i ni gael llun o'r hen gwter 'ma sy 'da ti ar waelod yr ardd, sbo,' meddai gyda chwerthiniad, gan droi at Alys, a chogiodd hithau dynnu wyneb dig am iddo feiddio bod mor ddilornus o'r Fenai. Roedd hi'n hoff o Rhys: braidd yn llond y lle weithiau, ond yn annwyl ac agos atoch, ac yn gaffaeliad mewn parti.

'Na, na, chware teg,' meddai Rhys wedyn mewn tôn gymodlon, 'mae'n las fel y Med heddi, *wall to wall*,' a chododd y camera at ei lygaid. 'Mae'r teid yn uchel, on'd yw e?'

'Mae'n adeg llanw mawr,' ategodd Alys.

Ond gwelai fod rhimyn o wlybaniaeth tywyll wedi ymddangos ar y creigiau gyferbyn ac ar waliau terfyn y gerddi; roedd y symud, diarwybod bron, yn ôl tua'r de-orllewin wedi dechrau. A draw ym Mhwll Ceris byddai trai chwyrn y Swellies eisoes yn mynd ar garlam.

Yn y pellter roedd sŵn grwndi cynyddol i'w glywed a chododd Rhys ei olygon oddi ar ei gamera wrth i hofrenydd melyn ruo i'r golwg, gan hedfan yn isel uwchben y dŵr. Nid oedd yn sŵn anghyfarwydd i Alys gan fod Bryn Gorad mor agos i'r afon ac o dan y llwybr-hedfan tua'r mynyddoedd yn ogystal. Eto i gyd, bob tro y'i clywai, gadawai beth bynnag a wnâi a rhedeg allan i'r ardd neu at ffenestr y llofft i geisio gweld beth oedd yn bod.

Un noson yn y gaeaf, a hithau wedi mynd i'r gwely cyn Alun, bu trwst felly am yn hir ac yn swnio'n waeth yn y tywyllwch, trwst hofran yn yr unfan am hydoedd a llifolau ar y dŵr fel llwybr arian y lleuad. Ond ni chyflawnwyd dim byd cadarnhaol, nid achubwyd neb, hyd y gallai ddirnad; syrffedodd y peilot yn sydyn heb unrhyw eglurhad gweladwy, gan droi ar ei sawdl am adref dros Fôn a'i olau bach yn diffodd a chynnau nes mynd o'r golwg.

Dim ond unwaith y gwelodd ddatrys boddhaol, ac yn cael ei weithredu yn union o flaen ei llygaid. Un amser cinio, roedd hi wedi rhedeg i ffenestr y llofft wrth alwad y grŵn gwenyn cwynfanllyd, ac wedi hir dremio drwy'r binocwlars cafodd gysur mawr o ganfod corff yn cael ei winsio fry oddi ar gwch bach gwyn a orweddai ar ei ochr yn y dŵr. Ond twyll oedd hwnnw: rai nosweithiau'n ddiweddarach gwelodd yr union olygfa'n cael ei chwarae o flaen ei llygaid am yr eildro ar opera sebon.

Dilynai Rhys yr hofrenydd melyn â'i gamera, gan dynnu lluniau o'i gwrs araf ar hyd yr afon.

'Am beth ma' fe'n chwilo, tybed?'

'Neu am bwy, hwyrach?'

*

Ar fore Sadwrn, y chweched o Awst, 1820, chwe blynedd cyn agor y bont grog, cychwynnodd fferi o lannau Môn am ffair a marchnad Caernarfon, y tro hwn o Dalyfoel, a ddefnyddid yn amlach nag Abermenai erbyn hynny gan fod gwell ffordd i fynd yno. Ar ei bwrdd yr oedd tri ar hugain o Fonwysion, a'u cynnyrch helaeth gyda hwy, toreth y tirion dir, llawnder a brofodd yn ormod o lwyth i gwch a fwriadwyd ar gyfer naw neu ddeg ar y mwyaf, yn ôl y gwybodusion wedi'r drychineb. Awgrymwyd yn y papur fod bai ar y ddwy ochr: y cychwr, fel Caron gynt, yn chwannog am ei dâl, a'r ffermwyr a'u gwragedd a'u gweision yn crefu arno i'w cymryd.

Yn fwy na thebyg, rhwng gorfod cydio'n dynn yn eu basgedi a'u llond o wyau ac ymenyn, heb sôn am wastrodi'r moch rhwng eu coesau, y peth olaf i fynd â bryd y teithwyr wrth gychwyn ar draws y dŵr fyddai myfyrdod dwys, escatolegol – megis pensynnu am hen gychwr afon angau a rhyw symbolaeth felly, boed yn rhydio afon Stycs neu'n groesi'r Iorddonen. Gadewch inni fwrw eu bod, yn hytrach, yn edrych ymlaen at gael seibiant oddi wrth laddfa'r drefn feunyddiol, at ymuno â'r cyfeillion a'r perthnasau a arhosai amdanynt yn y ffair, a rhywrai ohonynt at daro ar gariad.

Ond wrth iddynt dynnu am hanner ffordd chwythai awel gref a syrthiodd y cychwr i'r dŵr wrth ddringo i ben yr hwylbren bychan i ryddhau rhaff a aethai'n sownd yn yr hwyl. Dan bwysau'r rhuthr i un ochr i geisio'i achub dymchwelodd y cwch (neu'r *crazy bark* yn ôl newyddiadureg gorau'r *Gazette*). Clywyd sgrech-feydd am ennyd gan deulu'r tŷ fferi draw ar y lan, cyn i'r don nesaf eu distewi.

Collwyd pob perchen anadl, ac eithrio un y daethpwyd o hyd iddo'n glynu wrth yr hwylbren, sef Huw Williams, Bodowyr Isaf.

*

'Hei, Alys, wyt ti am weld lluniau o'r babi?' gwaeddodd Alun o'r teras lle roedd Dora ac yntau'n dal i eistedd yn siarad.

'Meddwl fod waeth i mi ddechra dangos un neu ddau,' meddai Dora'n llon.

Sodrodd ei bag helaeth ar ei glin a disgynnodd cudynnau cyrliog ei gwallt golau yn ffluwch disglair am ei thalcen wrth iddi ddechrau chwilio'i gynnwys.

'Mae Rhys 'di cymyd 'geinia ohonyn nhw, gelli di fentro,' meddai wrth i Alys ddod i eistedd yn ei hymyl. 'Wedyn mi biciwn ni i'r gwesty efo'n petha,' ychwanegodd gan shifflo drwy'r pentwr lluniau fel petaen nhw'n bac o gardiau, 'a dŵad yn ôl yn reit handi i helpu. Dwi 'di deud wrthat ti, 'n do, mai fi fydd yn gyfrifol am wneud y *mayonnaise*, achos mae honno'n job sy'n cymyd amser pan mae gin rywun lawer ar ei ddwylo.'

Roedd wedi oedi uwchben dau neu dri o'r lluniau, yn amlwg ar fin dod â'i cherdyn trỳmp allan. Penderfynodd Alys frysio i gael ei phig i mewn.

'Yli, paid â meddwl 'mod i'n anniolchgar, Dora, ond dwi 'di addo i'r genod y can' nhw'r gegin iddyn nhw'u hunin o hyn ymlaen i baratoi salad neu ddau a mi ofalan nhw am y *mayonnaise* neu beth bynnag.'

'O reit, dyna ni, os wyt ti'n siŵr. Ti sy i ddeud, Alys. Ella bydd Tilda'n cyrraedd gyda hyn ac yr awn ni am dro, 'te Rhys?'

Ar hynny daeth Saran allan i'r ardd a gosod hambwrdd ar un o'r byrddau.

'Diolch, Sar bach,' meddai Dora wrth estyn y llun i Alys. 'Dyma hi babi ni, yli. Fyddi ditha'n gwirioni ryw ddiwrnod.'

O ffenestr ei llofft edrychai Alys ar y llanw'n treio, ar y traethau o laid llyfn yn clymu'r ynysoedd bychain ger y Borth wrth ei gilydd, a'r ochr yma, yn nes ati, y stribedi o wymon lliw emrallt yn gorwedd fel newydd rhwng y cerrig llwm. Roedd Dora a Rhys wedi troi am y gwesty o'r diwedd ac Alun wedi mynd i ddangos y ffordd iddyn nhw. Roedden nhw wedi aros yn hwy na'u bwriad cyntaf a bu'n egwyl fwy pleserus na'r disgwyl, yn enwedig ar ôl i Saran a Gwen ddod i ymuno yn y sgwrs, a chyn mynd roedd Dora wedi cydio yn ei braich i gymryd tro o gwmpas yr ardd.

I lawr y grisiau roedd y genod wrthi'n brysur. Cawsai aros i weld gorymdaith araf y trefniannau blodau'n cael eu cario o'r tŷ golchi a'u rhoi yn eu lle, un ar y ddresel a'r llall ar yr aelwyd. Yna roedd y ddwy wedi cymryd meddiant o'r gegin a hithau wedi'i hysio oddi yno i'r gwely am ryw awran, gan ei bod wedi codi mor wirion o fore, meddent, ond dal i sefyllian yn ei phais yr oedd hi. Gwyddai y dylai fod yn ddiolchgar am bob help ond y teimlad o fod wedi'i chau allan oedd gryfaf.

Ni ddychmygodd y byddai byth bellter rhyngddi hi a

Saran. Bu mor ofalus i roi rhwydd hynt iddi i fynegi'i dawn fel arlunydd, i'w chefnogi a'i chymell ar hyd y daith. Ar ben hynny bu'r ddwy'n gymaint o ffrindiau, gyda'r un chwaeth ac yn chwerthin am ben yr un pethau, yn nes at ei gilydd nag y bu'i mam ei hun a hithau erioed. Fyddai neb wedi meddwl holi yn achos Harriet a hithau, fel y gwnaethai'r hen ŵr hwnnw amdani hi a Saran ar y ffordd o Lundain yn y trên erstalwm – Saran newydd fod yn mynd drwy'i phethau'n dynwared ei hathrawes Saesneg ac wedi mynd i nôl te i'r ddwy ohonyn nhw, yntau'n gwyro ar draws y gangwe ac yn gofyn iddi, 'Dwy chwaer 'dech chi?' – fyddai neb wedi meddwl gofyn peth felly am ei mam a hithau. Yn un peth, oherwydd y gwahaniaeth oedran. Roedd Harriet yn ddwy a deugain pan anwyd Alys a go brin y byddai'r dyn wedi gwneud camsyniad o'r fath pe bai wedi digwydd bod yn eu gwylio nhw ill dwy erstalwm – pe bai hynny'n bosib – hyd yn oed a derbyn bod ei olwg yn pylu, fel roedd yn rhaid iddi addef yn wylaidd ei fod yn debygol o fod.

Yn sicr, ni fyddai wedi bod yn dyst o'r un math o sgwrsio brwd rhwng mam a'i merch, yr un math o gytgord. Ac eto, byddid wedi disgwyl i'r berthynas rhwng Harriet a hithau fod yn un glòs, dim ond y ddwy ohonyn nhw dan yr unto am flynyddoedd, yn treulio nosweithiau yng nghwmni'i gilydd yn y gegin fyw yng nghefn y tŷ, dan gysgod y mynydd llwyd, llychlyd. A'i mam yn gofalu bod y bwrdd yn glir ac yn lân ar ôl te, yn barod iddi allu gwagu cynnwys ei bag ysgol arno, ond byth yn dangos y chwilfrydedd meddyliol lleiaf yn yr hyn a wnâi nac yn gwneud unrhyw gyfeiriad at y llyfrau, ac eithrio at eu blerwch pan ddigwyddai rhywun alw.

Gwyliodd haid o wylanod yn codi i'r awyr ac yn troelli fel un cyn dychwelyd at wyneb y dŵr. O'r gegin deuai sŵn siarad a chwerthin, a llais Alun yn newydd yn y clebar, yntau'n rhan o'r miri. Roedd wedi cyrraedd yn ei ôl, felly, a dychmygodd fel y byddai'n dechrau trefnu'r gwinoedd a'r pwnsh ffrwythau y mwynhâi fynd i drafferth i'w gyflwyno'n ddeniadol yn y ddysgl fawr.

Ond roedd hithau wedi methu gyda'i merch, meddyliodd, wrth fynd ar y gwely i geisio cysgu. Rywsut, roedd hollt wedi ymddangos rhyngddynt, yn annisgwyl, yn ddiarwybod, ac eto nid yn hollol anesboniadwy, chwaith, o ystyried; doedd o'n ddim na allai cefn y meddwl gynnig ambell darddiad iddo.

Wrth orwedd yno a'i llygaid ar agor daeth ei harhosiad diwethaf gyda Saran yn ôl iddi, yr ychydig ddyddiau yn Llundain yn ystod yr haf y llynedd pan gyfarfu, ac heb gyfarfod chwaith, â'r landledi Miss Myrtle Green, y ddynes gyda'r enw bythol-ir, fel yr arferai feddwl amdani, bellach y ddiweddar Miss Green.

Treuliasai'i chyfnod yno heb daro arni ac, yn wir, ni welsai mohoni ar yr un o'r achlysuron prin pan fu'n aros yno. Yn null cymdogion Llundain ni wnâi Saran a'i landledi fawr â'i gilydd a thelid y rhent drwy gyfrwng asiant. Cawsai beth o hanes Miss Green pan symudodd Saran yno gyntaf a dyna i gyd: fel roedd hi ar wella ar ôl gwaeledd bryd hynny a ffrindiau'n tyrru'n llu i fyny'r grisiau i'w gweld, ac mai athrawes Fathemateg oedd hi ar un tro, wedi ymddeol yn gynnar gan feddwl cadw ysgol breifat yn y fflat i lawr grisiau lle roedd Saran wedi dod i fyw ond bod ei chynlluniau wedi mynd i'r gwellt pan dorrodd ei hiechyd.

Ar ei bore olaf yno roedd Saran wedi archebu tacsi – ond mai 'cab' oedd y gair a ddefnyddiodd ar y ffôn – a safai Alys yn y ffenestr yn edrych allan amdano er bod Saran wedi gweiddi arni ddwywaith o'r gegin lle roedd hi'n darllen y papur i ofyn pam nad eisteddai nes canai'r gloch.

Rhedodd Alys at ddrws y cyntedd y munud y gwelodd gar yn arafu wrth y giât ac oedd, roedd hi'n iawn, roedd rhywun yno'n sefyll yn y portsh a rennid gan y ddwy fflat, dynes ddu a chap steil cap pig am ei phen ac wrthi'n cau botymau'i chôt law. Roedd newydd ddechrau troi'n wlyb.

'*Good morning*,' meddai wrth Alys mewn ffordd henffasiwn o ffurfiol.

'*Be there now*,' meddai hithau'n ddidaro gan frysio ar hyd y lobi i alw ar Saran; iddi hi roedd tacsi yn fater o amser yn tician.

Ond erbyn i'r ddwy gario'r paciau at y drws doedd dim hanes o dacsi. Edrychodd Alys i fyny ac i lawr y lôn a'r cwbl a welai oedd dynes ddu, feindal, a chap am ei phen, yn cerdded ar hyd y pafin yn y glaw i gyfeiriad y siopau. Gwawriodd arni mai'r landledi oedd hi.

'Miss Green oedd honna?' gofynnodd yn syn.

'Ia,' meddai Saran gan gychwyn mynd â'r bagiau yn ôl i'r lobi.

'Yli, Sar, pam na fasat ti 'di deud wrtha i?'

Clywai'i hun yn dechrau codi'i llais a dilynodd Saran i'r tŷ a chau'r drws.

'Deud be wrthat ti?'

'Mai dynas ddu ydi Miss Green.'

Croesodd ei meddwl am eiliad y byddai'r ddwy, ar adeg wahanol, wedi gweld yr ochr ddoniol i'r hyn roedd hi newydd ei ddweud ond roedd gormod o dyndra yn yr awyr i ganiatau llacio o'r fath.

'So?' gofynnodd Saran yn heriol.

"So', wir! Mi ro' i ti 'so'! Dwi 'di bod yn anghwrtais iawn efo hi, dyna be sy. Prin 'mod i 'di edrych arni. Meddwl mai gyrrwr y tacsi oedd hi.'

'Dy broblem di ydi hynna,' meddai Saran yn ddistaw, yn amlwg mewn ymgais i'w thawelu ond yn ofer.

'Yli, does gin i ddim problem! Ti sy 'di bod ar fai.'

'Bai? Pa fai? Oedd raid i mi gyfeirio at liw ei chroen hi? Dynas ydi hi, 'nde, 'run fath â chdi a finna?'

'Wn i'n iawn, siŵr. Does dim raid i ti ddeud hynna wrtha i. A dim dyna 'di'r pwynt!' Roedd wedi gwylltio am ei bod hi'n cael ei chamddeall ac yn rhwystredig tu hwnt na allai wneud iawn am fod mor anfoesgar wrth y drws gynnau. Roedd arni eisiau rhedeg i lawr y lôn i ymddiheuro, ond fyddai hynny ddim yn iawn chwaith dan yr amgylchiadau. 'Yli!' gwaeddodd, 'dwi'n falch mai dynas ddu ydi hi, reit?'

Gwenodd Saran. 'Ti'n mynd dros y top braidd, 'ndwyt ti? Ti'n mynd i ddeud nesa mai pobol dduon ydi rhai o dy ffrindia gora di,' a chydiodd yn y paciau wrth weld tacsi ger y giât.

Bu distawrwydd am rai munudau wrth iddyn nhw yrru drwy strydoedd llydain de Llundain.

'Mam,' meddai Saran toc, ''dan ni 'di cael amsar braf efo'n gilydd, ti a fi. Dwi 'di mwynhau dangos y lluniau dwi'n mynd i'w harddangos yng Nghaerdydd i ti. Dwi bob amsar 'di gwerthfawrogi clywed be wyt ti o bawb yn meddwl ohono i fel artist. A dwi mor falch dy fod ti 'di cyfarfod Gwen. Mae o 'di bod yn amser bendigedig. Paid â gadael i ni wahanu ar y nodyn yma.'

124

Ar hyd y ffordd adref yn y trên teimlai Alys yn gynhyrflyd drwyddi. Yn bennaf, roedd hi'n ddig wrthi'i hun am ddangos i Saran ei bod yn gandryll. Dylai fod wedi cau'i cheg yn lle mynd i golli arni'i hun a rhoi lle i'w merch roi pregeth iddi ar y platfform yn Euston.

'*Chill out*, Mam. Ti'n dipyn bach yn rhy yptéit, ysti. Dy oed ti ydi o. Pam nag ei di at y doctor? Mae 'na betha fedri di gymyd.'

Adroddodd yr hanes wrth Alun wedi cyrraedd adref.

'Y ffaith nag oedd hi 'di deud wrtha i, dyna oedd yn brifo,' meddai wrtho. 'Na ddaru hi ddim ymddiried yno' i. Ti'n dallt?'

'Yndw, siŵr, ond nid dyna oedd o, nace, cariad? Oedd o'n fater o egwyddor gynni hi i beidio deud. Ti'n gwbod yn iawn am 'yn hen Sali Mali bach ni, gwleidyddol gywir i'r carn.'

A gwnaeth hynny iddi deimlo'n waeth. Y cyfeirio ati wrth yr enw anwes a ddefnyddient weithiau pan oedd hi'n blentyn. Hynny ar ben y sylweddoli bod rhyw ogwydd gwahanol yng nghyfeiriad meddwl Saran a hithau, ac nad oedd modd osgoi bwlch y cenedlaethau.

Pan ganodd cloch y drws ffrynt gobeithiai Alys mai Tilda oedd yno, wedi dod yn gynnar i gael gair bach, dim ond y nhw ill dwy, cyn i Dora a Rhys a gweddill y gwesteion gyrraedd, ac oherwydd hynny gofidiai nad oedd wedi gwisgo i fedru mynd i ateb y drws.

'Mi a' i,' meddai Alun, a oedd wedi dod i'r llofft a gwneud ei hun yn barod o'i blaen hi wedi'r cwbl tra oedd hithau'n dal yn ei chimono mewn cyfyng-gyngor beth i'w estyn o'r cwpwrdd dillad.

125

Teimlai'n well ar ôl y cyntun. Llwyddasai i gau'i llygaid yn y diwedd, wedi'i gorfodi i wneud, a dweud y gwir, gan fymryn o hwyl, gydag ymddangosiad slei Saran a Gwen a'r sleisys ciwcymbr. Awgrymwyd ei bod hi'n werth amddifadu'r salad ohonynt pe bai hynny'n golygu cael gwared o'r bagiau dan ei llygaid, a gosodwyd y cylchoedd llaith yn un mwgwd esmwyth ar ei hamrannau a'i siarsio i gadw'i phen yn llonydd am hanner awr.

Chlywodd hi ddim byd wedyn nes cael ei deffro'n sydyn i fwrlwm bywyd unwaith eto, i sŵn styllod y landin yn clecian, a hisian y gawod yn y stafell molchi, ac Alun wrth y basn yn y llofft yn ceisio'i orau glas i beidio â gwneud sŵn wrth siafio. Yna bu Saran a Gwen i mewn ac allan fel chwaon hyfryd yn eu haenau ysgafn o ddilladau llaes yn cynnig eu barn ar ba liwiau a thlysau y dylai ddewis ac yn eu llongyfarch eu hunain ar ddiflaniad y bagiau a'r rhychau traed brain o gwmpas ei llygaid, cyn rhedeg i lawr y grisiau fel llongau hwyliau ecsotig gan weiddi'u bod nhw'n mynd i fwydo'r cŵn. Ac yn yr iard gefn, ar eu llw.

Canodd y gloch eto.

'Mae rhywun yn ddiamynedd,' meddai Alun, gan ei chofleidio a'i chusanu. 'Dyma ni'n mynd, 'raur,' sibrydodd yn ei chlust. Roedd oglau sebon siafio arno. 'Ac mae'r bwyd yn edrych yn ffantastig,' meddai wrth gychwyn i lawr. 'Heb sôn am y gwallt,' ychwanegodd yn uchel o'r cyntedd.

'Alun bach, ydw i'n rhy fuan?' meddai llais wrth iddo agor y drws.

Dylasai hi wybod mai Hanna fyddai'r cyntaf. Arferai gyrraedd yn brydlon, a chyn amser hefyd ar brydiau, fel petai'n ofni colli munud o fwynhad. Roedd bywyd yn dal yn ddiléit iddi ac roedd am ei fyw felly i'r pen, neu tra gallai. Ystyriai Alys fod hynny'n nodwedd ddeniadol ynddi.

'Meddwl y medrwn i fod o ryw help.'

Gwenodd Alys wrth glywed hynny. Deuai'r llais mewn hyrddiau crynedig o ddyfnder ei mynwes a swniai'n fwy fel dynes ei hoedran pan oedd o'r golwg fel hyn i lawr yn y cyntedd heb gymorth gweledol yr wynepryd effro a'r osgo sicr. Roedd hi'n drymach o gorff na Hanna ifanc yr albwm lluniau, ond yr un mor ofalus o'i gwisg a'i hymddangosiad.

'Na, 'dan ni'n o lew o barod, diolch i chi, Hanna,' meddai Alun. 'Dowch i mi gymyd eich côt chi. Ydi Manw ddim efo chi?'

'Na, dydi Manw ddim yn un am bartis, fel y gwyddoch chi, Alun, ac o'n i'n deud wrthi yr awn i'n gynnar er mwyn i mi gael mynd adra'n reit handi.'

Trodd Alys yn ei hunfan o flaen y drych. Roedd hi wedi bod yn iawn i ddewis y siwt drywsus sidan. Hoffai Alun hi mewn gwyrdd. Chwarddodd wrthi'i hun wrth feddwl am Hanna'n dweud yr âi adref yn gynnar. Hi fyddai ymysg y rhai olaf i adael a châi Manw noson braf o flaen y teledu yn fflicio drwy'r sianelau, a'r pell-reolydd dan ei gofal am unwaith.

''Dach chi'n siŵr nag oes 'na ddim byd fedra i neud? Yn y gegin mae Alys?'

'Na, dal i ymbincio mae hi, Hanna.'

'O, dyna ni, mi ddaw i lawr yn ei gogoniant toc, felly. Mae hi 'di cael gneud ei gwallt, o'n i'n clywed. Ddeudodd Karen wrtha i'r pnawn 'ma fod 'Alys' wedi bod i mewn.'

127

Nododd Alys y pwyslais bwriadol ar ei henw a'i awgrym o anghymeradwyaeth. Doedd Hanna ddim yn cytuno â'r arfer o fod ar delerau enwau bedydd gyda phob oed yn ddi-wahân.

'Dowch i eista i lawr, Hanna,' meddai Alun. 'Does 'na ddim byd i'w neud yn y gegin,' a chlywai Alys ymchwydd gerddorfaol y môr o amgylch Ogof Ffingal wrth iddo agor drws y stafell fyw.

Ar hynny daeth sŵn lleisiau eraill drwy ffenestr agored y llofft. Dora a Rhys yn dod i'r tŷ o gyfeiriad y lawnt, debyg, a Tilda gyda nhw, hwyrach. Hen bryd iddi hel ei thraed a mynd i lawr. Edrychodd allan ond roedd hi'n rhy hwyr i gael cip ar neb; roedd pwy bynnag oedd yno wedi mynd i'r tŷ drwy'r ffenestr Ffrengig. Roedd yr ardd yn olau gan heulwen y gorllewin ac ar yr afon roedd hi'n ddistyll. Swatiai'r dŵr yn isel ac ymestynnai fflatiau llaid yr hen gored draw ymhell, yn frith o dwmpathau gwymon. Ac ym mhen arall y Fenai byddai'r mewnlif ar ei ffordd.

Oedodd ar ben y grisiau. Roedd yn eiliad o hapusrwydd. Popeth yn drefnus ac yn barod ac oglau blodau i'w glywed, blodau a glendid a heli a'r mymryn o Coco Chanel y tu ôl i'w chlustiau. Drwy gil drws y stafell fyw deuai mwstwr estyn croeso a chyfarch, ond roedd y cyntedd yn wag a disgwylgar.

Pan sylwodd ar y tusw o rosod coch ar y bwrdd bach ar waelod y grisiau rhoes ei chalon dro. Nid coch oedden nhw'n union, chwaith, ond rhyw binc tywyll syfrdanol o hardd ac yn amlwg wedi'u dewis â gofal mawr. Am ennyd wyllt meddyliodd mai Frank oedd wedi'u hanfon, rhyw neges breifat i ddweud nad oedd wedi ei hanghofio. Nid ei fod erioed wedi anfon blodau

128

o'r blaen, dim hyd yn oed ar ôl clywed am ei gwaeledd yn yr hydref. Dyna'r tro diwethaf iddo gysylltu â hi. O'r diwedd, ar ôl y distawrwydd mawr, roedd wedi codi'r ffôn tua dechrau Tachwedd i ofyn sut oedd hi, ac roedd hithau'n falch ei bod wedi llwyddo i sgwrsio mor dawel a digynnwrf ag y bu'n ymarfer yn ei meddwl. Ceisiodd ei chael ar y ffôn droeon, meddai, ac yna clywodd nad oedd hi ddim yn dda ac ofnai ddyfalbarhau wedyn rhag ofn y byddai rhywun yn y tŷ gyda hi. Gwenodd hithau wrthi'i hun. Thelma oedd yr aderyn bach, yn siŵr o fod. Hi fyddai wedi crybwyll wrtho fod Rhywun gartref yn tendio ar ei wraig, a hi fyddai wedi rhoi gwybod iddo pan oedd ei bòs yn ei ôl yn y swyddfa drachefn. Ond byddai'r ffynhonnell wybodaeth wedi mynd yn hesb parthed beth oedd yn bod arni, gallai fentro, achos, pa esboniad bynnag a gynigodd Alun yn y gwaith, gallai ddibynnu ei fod yn ddigon penagored.

Wrth ateb ei ymholiadau, synnodd glywed ei hun yn geirio mor llithrig: mai rhyw fymryn o fraw ynghylch cyflwr ei chalon oedd o, dyna i gyd, ond y golygai, ysywaeth, ei bod yn gorfod cymryd pethau'n esmwyth ac oherwydd hynny bu'n dyheu am iddo roi caniad achos roedd am ofyn iddo'i rhyddhau. A gobeithiai'n fawr, ychwanegodd, wrth roi pen buan ar y sgwrs ohoni'i hun, na fyddai'n ei gymryd yn rhy ddrwg.

Ac eto dyma hi'n awr yn cynhyrfu ynghylch pwy a anfonodd y blodau! Byddai Frank yn debygol o fod yn gwybod am y parti er nad oedd wedi cael gwahoddiad, na Barbara nac yntau. Byddai wedi bod yn rhy chwithig i ofyn iddynt dan yr amgylchiadau, os oedd y sïon yn wir.

Alun ddaeth â'r newydd adref un noson iddo glywed

bod Barbara wedi symud allan i'w fflat ei hun. A dyna'r cwbl a wyddai, meddai, wrth daro'r teledu ymlaen a suddo i'w gadair. Edrychai'n flinedig, a gobeithiai Alys mai dyna'r unig reswm pam na wnaeth unrhyw sylw pellach ar y pwnc. Mynegodd hithau ofid a syndod cyn dianc i'r gegin i baratoi swper. Doedd o ddim wedi sôn am Thelma ar y pryd, er y byddai ambell un yn y swyddfa yn siŵr o fod yn gwybod amdani hi a Frank; go brin fod Thelma yn un am gadw'i buddugoliaethau, mwy na'i thalentau, dan len. Ond efallai fod y berthynas honno drosodd erbyn hyn; doedd hi ddim wedi bod yn bosib canfod drwy'r binocwlars ai Thelma neu rywun arall oedd yn cael gwefr blygeiniol yn y cwch cyflym y bore hwnnw. Ond roedd Thelma wedi ymddiheuro i Alun am na fedrai ddod i'r parti ac roedd hynny'n ddigon o awgrym, debyg, i roi pen ar ei dyfalu.

Roedd hi ar waelod y grisiau'n chwilio'r rhosod am gerdyn neu arwydd o ryw fath pan ddaeth Saran o'r gegin ar frys.

'O mam, ti *yna*. Yli, mae popeth yn barod ac —'

'Grêt. Diolch. Dwi'n dŵad yna rŵan.'

'Ac mae Gwen a finna am bicio â Macsi a Pero am dro bach ac wedyn mi gân' fynd yn syth i'w gwlâu a chlywn ni ddim siw na miw gynnyn nhw am weddill y noson. Iawn?'

'O iawn, siŵr, siŵr. O ble daeth y rhosod 'ma, ti'n gwbod?'

'Aha! Rhywun ddanfonodd rheina i'r drws tra oeddat ti'n cysgu.'

'Oedd 'na gardyn efo nhw? Pwy fasa'n —?'

'Mam, paid â smalio dy fod ti ddim yn gwbod. Pwy ti'n feddwl fasa'n anfon rhosod i ti?'

'Smae?' gwaeddodd Tilda wrth i Alys gerdded i mewn i'r stafell fyw. Safai gan ddal Macsi yn ei breichiau, ar ganol cael sgwrs gydag Alun.

Roedd Alys wedi cymryd lloches yn y gegin am ychydig, wedi mynd i weld sut olwg oedd yno ac wedyn wedi sefyll yn pwyso yn erbyn y drws i sadio a magu hyder. Cymerodd yr olygfa yn y stafell fyw i mewn yn gyflym i wneud yn siŵr fod pawb a phopeth yn iawn yn fanno hefyd. Roedd yn ymwybodol o'r miwsig yn syth, o bŵer y môr yn y llinynnau yn treiddio'n ddistaw ac yn amgylchynu'r cwmni bach. Cyfarchodd Hanna'n frysiog. Roedd hi wedi sefydlu'i hun yn y gadair fawr asgellog wrth ochr y lle tân a Dora a Saran o bobtu iddi, Saran yn eistedd ar fraich y gadair a Dora'n sefyll yn dangos lluniau o'r babi fesul un. Drwy'r ffenestr roedd Rhys a Gwen i'w gweld yn rhedeg o gwmpas ar y lawnt i ddifyrru Pero, a Rhys yn taflu darn o bren i'r awyr.

'Faswn i 'di dŵad i'r gegin i chwilio amdanat ti,' meddai Tilda, 'ond 'mod i 'di mopio 'mhen hefo'r hen gi bach 'ma.'

'Mae'n neis dy weld ti, Tilda,' meddai Alys, gan roi cusan iddi.

Roedd hi wedi gweld ei cholli, yn enwedig yn ddiweddar. Byddai'n braf medru cael sgwrs iawn â hi eto, rhywbeth gwell na'r siarad oeraidd ar y ffôn fel yn ystod y blynyddoedd diwethaf, a dim hyd yn oed gymaint â hynny ers tro bellach.

'Tydi hi'n edrych yn dda?' meddai Alun.

Ac, yn wir, yr oedd hi. Yn fain a chydnerth o hyd fel asgellwr chwim Miss Carrington. Dim ond gynnau – pryd oedd hi? – y bu'n meddwl am y ddwy ohonyn nhw'n mynd gyda gweddill y dosbarth Celf, tua hanner dwsin ohonyn nhw i gyd, i gael te ar ôl yr ysgol yn nhŷ Miss Wade a Miss Carrington, ond bod 'Carri' ddim yn digwydd bod yno fel roedd Tilda wedi gobeithio.

Roedd Alys yn siomedig yn y tŷ o'r tu allan. Tŷ bach twt, confensiynol, dim byd tebyg i'r math o dŷ y bu'n dychmygu y byddai Miss Wade yn byw ynddo. Tŷ pâr o'r cyfnod rhwng y ddau ryfel, mewn rhes o dai cyffelyb. Roedd yn rhyfeddol o dwt y tu mewn hefyd, heb arlliw o'r anhrefn Bohemaidd y bu'n disgwyl ei weld. Ac eto, roedd yn ddigon hawdd dweud ar unwaith fod rhywun â diddordeb mawr mewn celf yn byw ynddo oherwydd yr holl luniau oedd wedi'u gosod yn chwaethus ar bob wal bron. A dyna oedd pwynt yr ymweliad, rhoi cyfle i'r dosbarth i ymateb i luniau. Roedd rhywrai â 'Doris Wade' wedi'i wthio i un gornel iddynt, eraill ag enwau dieithr arnynt, a llawer yn gopïau da o weithiau'r meistri. Adroddodd Miss Wade hanes rhai ohonynt a bu cryn drafodaeth cyn ac yn ystod y te. Eu tymor cyntaf yn y Chweched oedd hi, a theimlai Alys eu bod yn cael eu trin fel oedolion o'r diwedd a bod y siarad gwaraidd fel rhagflas o fywyd coleg.

Roedd pob un wedi chwarae'i rhan gyda chlirio'r bwrdd, ond mynnodd Miss Wade olchi'r llestri ei hun tra caent hwythau, meddai, fynd i fyny i'r stafell ymolchi cyn mynd adref. Ei ffordd hi, debyg, o gau pen y mwdwl yn gwrtais ond yn ddigamsyniol.

Tilda ac Alys oedd yr unig rai oedd yn gorfod dal bws i fynd adref a phetrusodd y ddwy yn y cyntedd gan feddwl tybed a ddylent frysio i ddal y bws nesaf a pheidio â chyboli mynd i fyny'r grisiau. Penderfynwyd dilyn y lleill, fodd bynnag, gan y golygai hynny y byddai ganddynt fwy fyth o fanylion i'w hadrodd wrth

Dora ac eraill ar y bws fore trannoeth. Gwyddent y caent dipyn o sylw ar y ffordd i'r ysgol gan fod peth chwilfrydedd ynglŷn â Miss Wade a Miss Carrington. Ond fel y digwyddodd hi, cawsant eu cyffwrdd gan yr ymweliad a buont yn rhyfeddol o dawedog.

Erbyn iddynt gyrraedd pen y grisiau gwelsant fod dwy neu dair wedi mynd i sbecian i'r llofft gyntaf tra oeddynt yn aros am y stafell ymolchi. Roedd drysau'r llofftydd i gyd ar agor a chafodd Tilda ac Alys hwythau'u temtio i sleifio'n ddistaw bach i'r llofft nesaf. Yn amlwg, stafell wely Miss Wade oedd hi, oherwydd roedd yn hawdd adnabod yr esgidiau lliwgar oedd wedi'u gosod yn barau trefnus ar aelwyd yr hen le tân. Roedd paentiad uwchben y silff ben tân, un gan 'Doris Wade' eto, ond yr hyn a gymerodd eu sylw oedd ffotograff mawr du a gwyn o Carri ar wal arall. Carri'n gwenu'n gartrefol ac yn syllu'n dyner i fyw eu llygaid. Wyddai Alys ddim y gallai edrych mor dirion, ond, wedyn, doedd hi'n dda i ddim am chwarae hoci.

Wrth fynd allan i'r landin drachefn gwelsant fod gweddill y criw i gyd bellach wedi ymgynnull yn y stafell wely nesaf, stafell Carri, yn siŵr, gan eu bod yn sefyll o flaen llun du a gwyn o Miss Wade, un yr un ffunud â'r llall o ran maint a ffrâm, cynnyrch yr un stiwdio yr ymwelwyd â hi ar y cyd, efallai, ar ryw ddiwrnod i'r brenin. Chwarddai'r genethod eraill â'u dwylo dros eu cegau, gan amneidio ar y ddwy i ddod i mewn i'w weld yn well. Wyddai Alys ddim sut i ymateb, ai cilwenu ai peidio, ond roedd Tilda'n siŵr o'i phethau; edrychodd drwyddyn nhw fel petaen nhw ddim yn bod.

'Awn ni am y bỳs, ia, Alys?'

'Rhaid i ti beidio bod mor ddiarth, Tilda,' meddai Alun, gan estyn gwydraid o win iddi, a rhoes Tilda'r ci bach ar lawr.

''Dach chi'm yn meddwl fod y babi 'ma 'run fath yn union â Leila?' meddai llais Hanna o'r gornel y tu ôl iddyn nhw. 'I bwy ti'n gweld hi'n debyg, Alun? 'Run sbit â dy fam, dwi'n ei gweld hi.'

'Ia, synnwn i ddim.'

'Saran, 'dach chi'ch dwy ddim am fynd â'r cŵn am dro?' gofynnodd Alys, gan adael Tilda ac Alun i siarad a rhedodd Macsi allan i'r ardd fel petai'n deall pob gair.

'Ia, mi awn ni rŵan cyn i bawb arall gyrraedd,' meddai Saran gan godi ar ei thraed.

'Saran bach,' meddai Hanna gan gydio yn ei llaw yn dynn, 'wyt ti am fynd a 'ngadael i? Dwi'm 'di cael sgwrs iawn efo ti'r tro yma, oeddan ni mor brysur yn 'morol am y cadeiria 'na i'r ardd bora 'ma. Wyddost ti be,' meddai gan ostwng ei llais a rhoi plwc i law Saran, 'bob tro y byddi di'n dŵad adra mi fydd Manw a finna'n disgwyl gweld *young man* gin ti. Sgin ti ryw newydd i mi? Dydio'm iws i mi ofyn i dy fam achos ddeudith hi ddim byd wrtha i.'

'Dwi 'di penderfynu bod yn hen ferch 'fath â chi, Anti Hanna,' meddai Saran gan lwyddo i ryddhau'i llaw. 'Tydi pawb ddim eisio priodi, 'ychi,' ychwanegodd yn ysgafn ar ei ffordd allan.

'Bobol, o'n i'm yn meddwl fod neb yn *dewis* bod yn hen ferch.'

Rhoddodd Dora bwniad i Alys. 'Dyma ni'n mynd,' meddai dan ei gwynt. 'Stori 'mywyd i, gan Hanna Thomas.'

Ar hynny canodd y gloch a throdd Alys i gyfeiriad Alun.

'Awn ni?' gofynnodd yntau, gan estyn ei law iddi.

'O diar,' meddai Dora, 'a finna 'di gneud y lle'n flêr efo'r hen lunia 'ma.'

Pan aeth Alun ac Alys at y drws ymddangosai fod pawb wedi cyrraedd ar unwaith. Roedd twr yn disgwyl yn y portsh ac eraill i'w gweld yn dod ar hyd y dreif neu'n parcio'u ceir, cydweithwyr Alun a'u gwragedd neu'u cariadon a rhai o'r cymdogion; cyfeillion a chydnabod a fu ar gyrion ei bywyd yn ystod y blynyddoedd diwethaf, cysylltiadau a esgeuluswyd ganddi.

Ac mewn dim roedd y cyntedd yn llawn o chwerthin a chusanu a dymuno'r gorau.

'Fyddi di'n gweld mwy ohono fo rŵan, Alys.'

'Dan draed fydd o rŵan, mechan-i.'

'Mae'n oes mul ers pan welis i ti. Lle ti'n cadw, dywad?'

'Sut olwg sy ar 'y ngwallt i, Alys?'

Cafodd gip ar Alun yn codi'i fraich i'r awyr wrth wrando ar ryw gellwair ac yn ei tharo i lawr drachefn ar ei glun, gan ddal ei llygaid am ennyd rhwng y pennau swnllyd.

'Mae'r gwallt yn edrych yn berffaith i mi,' atebodd Alys. 'Mae 'na ddrych yn fancw ond waeth i ni'r genod fynd i'r llofft. Fydd 'na fwy o le yn fanno. 'Dach chi gyd yn nabod eich gilydd, gyda llaw?'

Roedd rhywbeth yn braf mewn cael ei dal am ysbaid yn yr hwrli-bwrli niwtral, arwynebol, afreal, lle roedd yr hunan yn teimlo'n wahanol.

*

135

Mae'n debyg i chi glywed yr hanes am lawenydd mawr Morris Prichard Morris (neu Morys ap Rhisiart Morys), Tyddyn Melys, Llanfihangel Tre'r Beirdd ym Môn, pan ganfu nad oedd ei wraig, Margaret, wedi boddi.

Ond gwell dechrau yn y dechrau.

Cowper a saer coed oedd Morris ac yn canlyn Margaret, merch Morris Owen, Bodafon y Glyn, ffarmwr uchel ei barch, ond am ryw reswm neu'i gilydd, efallai oherwydd amgylchiadau iselradd y cariadlanc – pwy a ŵyr? – nid oedd Morris Owen yn bleidiol i'r garwriaeth. Ta waeth, am ba achos bynnag, teimlai Morris Prichard ryw reidrwydd i berswadio'i fererid i briodi'n ddirgel, ac un noson, ar archiad ei chariad, yn ôl y stori (a adroddwyd wrth John Williams Prichard, Plasybrain, gan ei dad, Richard Williams, Plas Gronw, a'i clywodd o enau Morris Prichard ei hun), dihangodd Margaret drwy'r ffenestr a phriodwyd y ddau ar frys yn y fan a'r lle gan glerigwr difywoliaeth. Ac wedi'r seremoni dychwelodd y briodferch i dŷ ei thad yn ddiogel ac yn ddiarwybod i neb. Yn ôl y rhagddywededig J.W. Prichard, ym mis Mehefin, 1699, y digwyddodd hyn.

Ni chadwyd mo'r gyfrinach yn hir, fodd bynnag. Ymhen ychydig aeth Margaret (Morris, weithian) i Fangor i'r ffair. Nid aeth ei gŵr (cêl) gyda hi ond, yn hytrach, arhosodd gartref yn Nhyddyn Melys.

Rhywbryd yn ystod y prynhawn, cyrhaeddodd si cyn belled â phlwyf Llanfihangel Tre'r Beirdd fod cwch fferi Porthaethwy wedi dymchwel wrth ddychwelyd o Fangor a bod cryn golli bywyd. (Newyddion a deithiodd yn syndod o gyflym, o ystyried bod y plwyf hwnnw, os rhywbeth, yn bellach o fferi Porthaethwy nag yr oedd Tyn Llwydan o fferi Abermenai, os cofiwch y diffyg cyfathrebu yn achos yr Huw Williams hwnnw a'i briod.)

Yr oedd Morris Prichard bron â drysu pan glywodd, a phrysurodd ar unwaith tua'r fan lle y digwyddodd y drychineb, dros ddeng milltir o bellter, a'i wynt yn ei ddwrn, gan gyrraedd Porthaethwy wedi llwyr ddiffygio a bron â thoddi yn llymaid, ac yn ofni yn ei galon y byddai ei wraig ymysg y colledigion.

Ond er dirfawr ryddhad iddo ef (ac er anhraethol gyfoethogiad y ganrif a oedd ar fin dechrau, fel y trodd pethau allan, o ymddangosiad eu cyntafanedig, Lewis Morris, yn gynnar ym 1700/1, ac yn y blaen, ac yn y blaen), y person cyntaf a gyfarfu wrth gyrraedd glannau'r Fenai oedd ei wraig, Margaret, a oedd wedi croesi ar gwch arall heb ddim harm yn y byd.

Yn ôl y croniclydd, cafodd y digwyddiad y fath effaith ar y ddau ohonynt fel y penderfynasant wynebu rhieni'r briodferch yn ebrwydd er mwyn gwneud eu cyfrinach yn hysbys iddynt. Felly, dychwelasant i Fodafon y Glyn, lle y cafwyd croeso caredig heb yr un gair o anfodlonrwydd na gofid parthed y briodas.

Diweddglo hapus i stori ramantus, fel sydd wrth fodd pawb.

*

'Dwi jest â marw eisio smôc,' sibrydodd Tilda, 'ond wela i neb arall wrthi. Well i mi fynd i'r ardd?'

'Yndi, ella,' meddai Alys gan weld ei chyfle i gael sgwrs. 'Mi ddo i ar d'ôl di rŵan i gadw cwmni i ti.'

Edrychodd i weld sut oedd y parti'n mynd. Roedd y stafell wedi llenwi ac Alun yn brysur yn edrych ar ôl y gwesteion a Saran yn ei helpu.

'Wyt ti'n iawn am funud?' gofynnodd iddo.

'Siort ora.'

'Alys,' meddai Dora, yn dod i chwilio amdani, 'dwi'n cael mynd efo Gwen i roi'r cŵn yn eu gwlâu. Dwi 'di gadael Hanna efo'r cwpwl ifanc 'na sy 'di symud i mewn gyferbyn â hi ac mae hi'n berffaith hapus.'

'O, reit.' Teimlai'n euog nad oedd hi eto wedi rhoi croeso dyladwy i'r cymdogion newydd, ond addawodd wrthi'i hun y gwnâi iawn am hynny gyda hyn.

'Wyt ti'n teimlo'n well?' gofynnodd Tilda wrth i Alys gyrraedd y wal derfyn lle roedd ei ffrind yn edrych ar yr olygfa. 'Ddeudodd Alun wrtha i nag oeddat ti ddim 'di bod yn rhyw dda iawn,' a heliodd y mwg sigarét o'r ffordd, chwifiad ôl a blaen gosgeiddig fel ystum dawnsiwr balé.

'O, mi fydda i'n iawn, ysti.'

'Ella ga i glywad yr hanas i gyd gin ti ryw dro.'

'Ia, doedd o ddim yn rhywbath o'n i eisio manylu amdano fo dros y ffôn.'

'Rhaid i ti ddŵad acw.'

'Tilda, dwi ddim yn gweld pam dy fod ti 'di cadw draw yr holl amsar. Doedd o ddim yn gneud gwahaniaeth i ti be oedd yn mynd ymlaen, nag oedd?'

'Oedd, mi roedd o. Ddois i unwaith, os ti'n cofio, a fedrwn i'm edrych Alun yn ei lygad rywsut. Ac i be faswn i'n dŵad yr holl ffordd jest i deimlo'n annifyr?'

Cofiai Alys y tro hwnnw'n iawn. Roedd Tilda a hithau wedi taro'i gilydd i'r byw un bore dros frecwast hwyr ar ôl i Alun fynd i'w waith. Dim byd mawr, ond bod siarad plaen Tilda wedi codi'i gwrychyn hi.

'Dwn i'm sut wyt ti'n gallu cysgu yn yr un gwely ag Alun ac yn gneud be wyt ti'n neud,' meddai'n sydyn.

138

'Doedd Harri ddim yn cysgu efo'i wraig tra oedd o'n gariad i mi.'

'O, nagoedd 'mwn, 'dan ni i gyd yn gwbod pa mor anrhydeddus oedd Harri.'

Roedd yn edifar ganddi cyn gorffen y frawddeg bron ei bod wedi dweud hynny; bu'n garwriaeth a achosodd ormod o ofid i'r tri chwaraewr yn y ddrama i wneud sylw o'r fath. Harri wedi cyffesu wrth ei wraig ac wedi gofyn iddi am ysgariad; hithau wedi methu derbyn y sefyllfa ac wedi mynd yn chwilfriw, wedi crefu arno i aros, nes o'r diwedd iddo ollwng ei afael ar y gryfaf o'r ddwy. Roedd rhywfaint o anrhydedd yn hynny, gellid tybio. Ond doedd hi ddim wedi ymddiheuro, a chododd yn sydyn i ddechrau clirio'r bwrdd.

Diffoddodd Tilda'i sigarét a chicio'r stwmp o'r golwg i'r border blodau.

'Wyt ti 'di deud rhywbath wrth Alun?'

'Naddo.'

'Mae o siŵr o fod yn gwbod, ysti. Mae'n anodd cuddio teimlada. Dwi'n siŵr fod Mam yn gwbod fod 'na rywun fel Harri yn 'y mywyd i erstalwm, er mor glyfar o'n i'n meddwl 'mod i. Ddaru o'n ffonio fi unwaith, ysti.'

'Pwy? Alun?'

'Ia. Dwi'm yn cofio'n iawn pryd rŵan. Tynnu am flwyddyn, ella. Gawson ni sgwrs reit od, a deud y gwir. 'Run fath â tasan ni'n chwara'r gêm "mynd i'r farchnad heb ddeud ia" ond mai heb ddeud "Alys" oedd hi. O'n i ofn gofyn amdanat ti rhag ofn ei bod hi'n un o'r adega hynny pan oeddat ti 'di deud dy fod ti'n aros efo fi, ac eto doeddat ti ddim 'di ffonio i roi'r rhybudd arferol i mi.'

'Be oedd o eisio?'

'O, gofyn oeddwn i 'di cael gwahoddiad i noson agoriadol Saran yn yr oriel 'na yn Gaerdydd a tybed oeddwn i am ddŵad. A dyma finna'n deud 'mod i newydd gael y cardyn y bore hwnnw, ond yn anffodus roedd o'n digwydd bod pan fyddwn i i ffwrdd. Fedra i'n 'y myw gofio pryd oedd hynny'n union. Oedd Carys yn symud tŷ a fûm i'n ôl ac ymlaen yn Iwerddon ddwywaith neu dair yr ha dwytha yn edrych ar ôl y babi iddi.' Fflachiodd drwy feddwl Alys gymaint ar ôl oedd hi gyda'r hanes am blant Tilda. Ac am Tilda ei hun, ran hynny. 'Ta waeth, fuon ni ddim yn siarad yn hir. O'n i ar bigau'r drain i roi'r ffôn i lawr.'

Teimlai Alys ryddhad mawr. Roedd hi'n tynnu am ddiwedd Medi pan gyrhaeddodd y gwahoddiadau, ac erbyn hynny roedd popeth drosodd rhwng Frank a hithau ers tro. Felly doedd Alun ddim wedi bod yn ceisio'i dal hi'n twyllo, ond, ran hynny, doedd hi erioed wedi credu y gwnâi hynny'n fwriadol, dim mwy nag oedd hi yn ei natur o i fynd i ddechrau holi a stilio Tilda heno.

Ac, wrth gwrs, cofiai'r sgwrs ffôn honno rhwng Alun a Tilda. Dyna'r diwrnod pan ddaeth eu cerdyn swyddogol hwythau drwy'r post a phan oedd hi wedi dechrau mynegi'i hofnau wrth Alun na fedrai fynd, ac yntau wedi ceisio dwyn perswâd arni. Byddai'n gwneud lles iddi weld pawb, meddai. Gweld Saran, a chlywed y ganmoliaeth aruthrol i'w gwaith ar bob llaw, ychwanegodd dan wenu. Roedd Saran am aros gyda theulu Gwen, a hwythau ill dau gyda Rhys a Dora a fyddai hefyd yn dod i'r agoriad. A'r gobaith oedd y byddai Tilda'n dod yno hefyd, gan fod Saran wedi rhoi'i henw ar restr y gwahoddedigion.

'Mi ro i ganiad i Tilda rŵan,' meddai Alun, 'i neud yn siŵr ei bod hi'n dŵad.'

A neidiodd yn egnïol o'i gadair i fynd at y ffôn yn y cyntedd, yn ei ymdrech lew i godi'i hysbryd. Ond roedd yn ei ôl mewn byr amser.

'Fasa neb yn gallu galw dy ffrind di'n ddynas hynaws,' meddai. 'Neith hi byth roi'i hun allan i fod yn glên, myn coblyn i. Mae Dora'n deud hynny, hefyd. Ella mod i 'di torri ar draws ryw raglen deledu, wn i ddim, ond doedd 'na ddim llawer o hwyl arni. Doedd gin i ddim eisio mynd i sôn yn arbennig nag oeddat ti ddim yn teimlo'n ecstra, ond doedd dim rhaid i mi boeni beth bynnag. Ddaru hi ddim hyd yn oed gofyn amdanat ti.'

'Mae'n ddrwg gin i, Tilda,' meddai Alys. 'Creu embaras i ti.' Fedrai hi ddim yn hawdd ddweud wrthi fel roedd hi wedi cael bai ar gam. 'Fûm inna ddim yn Gaerdydd, chwaith. Fuo raid i mi siomi Saran achos 'mod i ddim yn dda iawn, ond mi aeth Alun i lawr am y diwrnod i weld y llunia ac i gyfri'r sticeri coch. Ddaru nhw werthu'n dda.' Edrychodd i lawr ar y border blodau a'i llygaid yn chwilio am y stwmp sigarét. 'Chei di'm galwad ffôn chwithig fel 'na eto, Til. Mae Frank a finna 'di gorffan. Ddylwn i fod wedi deud yn gynt wrthat ti ond does dim llawar o siâp 'di bod arna i'n ddiweddar.'

'O'n i'n casglu hynny. Roedd 'na olwg arnat ti fel tasat ti 'di gweld ysbryd pan welis i ti gynta heno, ond ti'n edrych yn well erbyn hyn,' a goleuodd sigarét arall. 'Alla i ddychmygu be ti 'di bod drwyddo fo.'

'Na, doedd o'n ddim byd mawr fel 'na, Til. Dim byd mega, mega, fel basa Saran yn ei ddeud, er 'mod i'n meddwl ei fod o ar un tro. Rhyw deimlad fod popeth yn mynd o ngafael i oedd o rywsut ar y pryd.'

Roedd rhywrai'n dechrau dod allan i'r ardd drwy'r ffenestr Ffrengig a'u gwydrau yn eu dwylo, gan sefyll i siarad bob yn hyn a hyn neu eistedd wrth un o'r byrddau. Ac uwchben roedd Dora a Gwen a'u pennau allan o ffenestr y llofft sbâr a'r ddwy'n codi llaw ar Tilda a hithau. Ac roedd Saran yn chwerthin wrth siarad â'r cwpwl ifanc yna nad oedd Alys hyd yn oed yn siŵr o'u henwau. Yn yr hydref fe âi â phlanhigion o'r ardd iddyn nhw.

Yn ddiweddarach, yn nes at amser swper, roedd Alys ar ei phen ei hun yn y gegin, yn ôl ei dymuniad. Roedd yn gas ganddi gael help yn y gegin cyn y pryd a doedd arni ddim eisiau i neb fwydro'i phen hi heno tra oedd hi'n gofalu bod popeth mewn trefn, yn enwedig gan ei bod wedi penderfynu gofyn i bawb ddod trwodd i wneud eu dewis o fwyd. Cafodd argraff frysiog yn gynharach, ar ddechrau'r noson, nad oedd pobman wedi'i adael fel pìn mewn papur yno. Ond roedd yn rhaid dweud bod y genod wedi cael hwyl arni gyda'u cyfraniad nhw i'r swper: roedd sglein iach ar y finegrét melynwyrdd yn y jygiau isel a'r saladau'n codi archwaeth wrth iddi dynnu'r caeadau ffoil oddi amdanynt. Sylwodd yn Llundain y llynedd pan ddaeth Gwen i gael swper yn fflat Saran fod y ddwy'n deall ei gilydd wrth baratoi bwyd; Gwen yn sleisio ac yn malu a Saran yn rhoi popeth ynghyd yn gain gyda llygad yr artist am liw a ffurf.

Gwasgodd y cadach llestri a'i daro'n sydyn dros y llefydd oedd yn y golwg. Chlywai neb mohoni'n mynd o gwmpas ei phethau; y tu ôl i fleind yr hatsh wydr roedd digon o sŵn siarad a chwerthin. Llusgodd y bwrdd yn fwy at ganol y llawr er mwyn i bawb gael cerdded o'i amgylch wrth helpu'u hunain a thynnodd un o lieiniau brodwaith mam Alun o'i ddrôr. Ac ar hyd yr amser roedd ei meddwl yn gweithio ar ddwy lefel: ar fintys ac anis yr arlwyo ac yn myfyrio'r un pryd ar bethau trymach. A geiriau Tilda'n llafarganu'n barhaus yn ei phen fel mantra: *Mae o siŵr o fod yn gwbod, ysti.*

Mewn gwirionedd roedd hwnnw'n ofn a fu'n llechu yng nghefn ei meddwl ers rhai misoedd. Ar y pryd, pan oedd hi'n caru gyda Frank, ni phlagiwyd hi gan unrhyw amheuon. Nid tan yn gymharol ddiweddar, yn ystod y gaeaf diwethaf ryw dro, y parodd rhywbeth a ddywedodd Alun iddi ddechrau amau, ond ei bod hi wedi wfftio'r syniad a'i hel o'r neilltu. Un noson yn Ionawr oedd hi, ar ganol sbel o dywydd oer, mor oer fel bod talpiau bach o rew i'w gweld yn nofio ar y Fenai.

Roedden nhw'n eistedd yn darllen o bobtu'r tân, a hithau wedi estyn llyfr i fodio drwyddo unwaith yn rhagor am ryw reswm, y llyfr ar helyntion fferïau'r Fenai a brynodd mewn siop ail-law yn Llandudno, yn y cyfnod brwd o fynychu'r darlithiau yn adran allanol y coleg. Cofiai fel y gwyrodd dros fraich ei chadair i'w dynnu o'i le arferol ar y silffoedd nesaf at y tân. Am ei fod wrth law, debyg, neu tybed a oedd rhyw ysfa wrthnysig wedi dod drosti i ddarllen am angau dychrynllyd y dŵr, a fu'n ei phlagio a'i hudo mor ddiweddar? Ac eto, fel y digwyddodd pethau, bu honno'n noson dda, na fu ei chystal ers hydoedd, ac Alun a hithau, yn y man, wedi cael sgwrs hir, wedi siarad mwy nag a wnaethent ers amser maith, sgwrs a ddeuai yn ôl iddi ambell waith, fel yn awr.

Roedd wedi tynnu ei choesau o dani ac ymroi i

ddarllen am wrhydri Huw Tyn Llwydan, gan ail-fyw adroddiad maith y tiwtor a'r darluniau o'r siartiau a daflwyd ganddo ar y sgrin a'u chwipio ymaith un ar ôl y llall wrth ystyried dilysrwydd yr hanes, ac mor angenrheidiol oedd cael rafft i groesi'r sianel dreiol a fyddai yno ddwy ganrif ynghynt. Bu sôn am fynd i Abermenai ddiwedd tymor yr haf ar daith maes ond, pan ddaeth yr amser, dewisodd y dosbarth fynd ar long bleser o amgylch yr Ynys.

Yn y cyfamser, wrth gwrs, daethai'n fwy cydnabyddus â'r fan a'r lle; roedd hi wedi bod ar ei thaith neilltuol ei hun i'r maes. A hedodd ei meddwl oddi ar y ddalen at y foment pan gododd Frank a hithau o'u gwâl gysgodol yn y twyni ymhen amser, gan hel y gronynnau dadlennol oddi ar eu dillad a'u cnawd. Erbyn iddynt fwyta'r brechdanau bach twt roedd hi wedi'u paratoi y bore hwnnw rhag ofn y byddai eu hangen, roedd hi'n drai, ac yn lle dychwelyd yr un ffordd ag y daethant, roedden nhw wedi cerdded ar draws Traeth Melynog nes cyrraedd llwybr arall drwy'r tywyn gweiriog at y Citroën. Daeth yr olygfa yn ôl iddi: yn fwy na dim, meithder llaith y tywod, nid yn unig led y bae o'u blaenau, a edrychai'n lle digon trafferthus i'w groesi iddi hi, ond hefyd yn ymestyn draw yn eangderau diffaith i gyfeiriad Talyfoel a'r Traeth Gwyllt, a stribedi main o ddŵr llachar las hwnt ac yma yn y melyn. Eto i gyd, er iddynt orfod troedio'n ofalus, gan fynd o'u ffordd weithiau i osgoi ambell bwll neu ffrwd, roedd y tywod yn hollol gerddadwy dan draed, dim ond bod llinell o lwydni golau o amgylch ei hesgidiau mawr erbyn y bore. Ond, yn bell o fynd i ddechrau amau stori afaelgar Huw, credai y byddai wedi dod i'r casgliad ohoni'i hun fod y map wedi newid gydag amser, wedi dod i'r un farn â Heraclitws, yn wir, sef fod popeth yn symud ac yn ffrydio'n barhaus ac nad oes dim byd yn arhosol.

'Be wyt ti'n ddarllan?' gofynnodd Alun ymhen tipyn.

Cwestiwn a fyddai bob amser yn ei gwylltio, er ei gwaethaf, pan fyddai wedi mynd i mewn i fyd y stori.

'Hanes Huw Williams, Tyn Llwydan,' atebodd yn ddigon swta.

'A pwy 'di o pan mae o adra?'

A thynerodd ar unwaith; pa hawl oedd ganddi hi i fod yn ddiamynedd ac yntau wedi bod mor hirymarhous, ddim erioed wedi dweud wrthi am ymysgwyd a chymryd gafael ynddi'i hun a chynghorion tebyg, da-i-ddim fel yna.

Caeodd y llyfr a dechrau adrodd rhai o'r hanesion trychinebus oedd ynddo am golli bywydau wrth groesi'r afon. Ond ar ôl gwrando'n astud arnyn nhw roedd Alun wedi'u troi ar eu pennau ar unwaith, gan fynnu mai hanesion am oroesi ac achubiaeth oedden nhw yn hytrach nag am golli bywyd a boddi. Wedi mynd i hwyl, a dweud y gwir, ynglŷn â'r un enw'n dod i fyny bob tro; parablu'n huawdl am Huw Williams fel cymeriad cynrychiadol, fel Pobun yr hen ddramâu mewn ffordd o siarad, yn portreadu'r reddf gref sydd ynom i gyd i oroesi. Hyd yn oed yn haeru bod Calfiniaid Sir Fôn wedi rhoi'r enw Huw Williams ar ddyn anhysbys yn yr hanesyn cyntaf o'r tri, er mwyn gwneud rhyw bwynt am etholedigaeth, nes ei bod hi rhwng chwerthin a chrïo.

'Ond dwi'm yn dallt pam oeddat ti'n gwenu chwaith, wrth ddarllen yr hanes, mae'n rhaid i mi ddeud,' meddai o'r diwedd.

'Oeddwn i?'

'Oeddat. Glywis i smic o chwerthin. Dyna pam ofynnis i iti be oeddat ti'n ddarllen. Rhywbath am Huw Tyn Llwydan oedd o mae'n rhaid.'

'O, ia. Meddwl amdano fo'r cradur bach, wedi bod yn y dŵr am oria ac yn llwyddo'n anhygoel i achub ei hun, pobol y tŷ fferi'n gneud andros o ffŷs ohono fo, rhoi bricsan boeth yn ei wely o ac yn y blaen ac wedyn, yn y bora, mae o'n mynnu mynd yr holl ffordd adra yn ei wendid i brofi'i fod o ar dir y byw, ryfeddod y rhyfeddodau, diolch i'w ddyfeisgarwch a'i blwc ei hun, a synnwn i 'run blewyn nag oedd watsh ei ffrind o'n dal gynno fo yn ei boced. A 'ngwas bach i'n edrych ymlaen, siŵr o fod, at neud argraff reit *macho* ar ei wraig newydd. Ond yr hen Huw druan gafodd y syrpreis. Pob dim yn syrthio'n fflat achos doedd madam ddim wedi bod yn poeni amdano fo, doedd hi ddim 'di clywad dim byd am y drychineb. Fedra i jest ddim mo'i dallt hi. Siawns nag oedd hi'n sylweddoli fod yr amserlen wedi methu'n o arw yn rhywle. Dipyn o *cool customer*, os ti'n gofyn i mi, y teip fasa'n dal i nyddu wrth y droell ac ynta bron â thorri'i fol eisio deud ei stori.'

Roedd Alun wedi bod yn eistedd yno'n ddistaw yn gwrando arni a rhyw gysgod gwên ar ei wyneb.

'Ti'm yn cytuno, Alun?'

Syllodd yntau i'r tân.

'O, dwn i ddim,' meddai yn y man. 'Roedd hi yno'n doedd? Dwi'n ei weld o'n ddarlun hyfryd, fy hun. Y naill wedi trechu'r storm a'r llall yn llonydd, yn aros am y dychweliad.'

Brysiodd Alys i'r pantri i nôl yr eog a'r ham y bu'n eu paratoi ddoe, a'u gosod ar fwrdd y gegin. Swper digon diddychymyg, ond doedd hi ddim wedi teimlo y gallai osod nod rhy uchel iddi'i hun eleni. O leiaf, roedd y samon yn un gwyllt, yn hytrach nag wedi'i ffermio; roedd wedi gorfod nofio yn erbyn y llif.

Dechreuodd sleisio'r ham i weld sut oedd yn torri, gan feddwl o hyd am eiriau Alun: *Yn aros am y dychweliad.* Yn fwy nag erioed roeddynt fel petaen nhw'n mynegi'r union beth a ddywedodd Tilda wrthi'n blwmp ac yn blaen, sef ei fod yn gwybod. Ond ar y pryd, yng nghyd-destun eu sgwrs hir y noson honno, fe'i cymerodd fel sylw diniwed ddigon ar ei dehongliad hi o'r olygfa rhwng Huw a'i wraig, rhywbeth i'w sadio, i ddod â'i thraed hi'n ôl i'r ddaear wedi'r hedeg i entrychion ffansi. A hyd yn oed petai o wedi bod yn siarad mewn damhegion, fel y bu hi'n tybied yn ddiweddarach, gallai'n hawdd fod yn gyfeiriad ato'i hun yn aros am ei hadferiad hi i lawn iechyd; doedd arni ddim eisiau credu bod ystyr pellach i'w eiriau pwyllog, sef mai aros iddi hi ddychwelyd ato *fo* a olygai. Ac eto, yn awr, y munud hwn wrth fwrdd llawn y gegin, byddai'n dda ganddi allu credu hynny. Byddai'n ollyngdod rhyfedd iddi ei fod o yn gwybod; neu, yn niffyg hynny, pe bai hi'n teimlo'n ddigon siŵr o'i derbyniad i fedru dweud wrtho o'r diwedd.

Un diwrnod tua chanol mis Ionawr pan wellodd y tywydd, roedd hi wedi mynd i chwilio am Dyn Llwydan. Cafodd hyd i'r enw ar y map cyn cychwyn a dilynodd yr arwyddion nes cyrraedd giât haearn ar ddiwedd lôn fach nad âi ddim pellach. Y tu hwnt i'r bariau, pigai ffesant ym môn y clawdd ac ymhellach draw porai ambell ddafad rhwng y twmpathau eithin. Ar y dde iddi fel y safai wrth y giât roedd golwg o'r môr, y tu draw i wastadedd yr arfordir, ond yn syth o'i blaen roedd y tir yn fryniog a chreigiog a doedd dim hanes o'r tŷ nag o enaid byw yn unman.

Agorodd gil y giât a chychwyn cerdded ond yn amlwg roedd ffordd hir at y tŷ, lle bynnag yr oedd o, a throdd yn ei hôl i nôl y car. Gyrrodd i fyny'r rhiw fach arw nes dod at droad i'r dde i lawr i'r pant. O'r fan honno roedd hi'n bosib gweld y tŷ, yn sefyll nid nepell o'r môr ym mhen draw'r lôn byllog, fwdlyd; ffermdy eithaf ei faint, hyd y gwelai, heb fynd yn nes ato. Ond ofnai fynd yn nes. Roedd yn lle anghysbell ac edrychai'n dŷ digroeso, anghyfannedd hyd yn oed, ond doedd dim posib bod yn siŵr. Beth petai rhywun yn agor y drws a gweiddi arni ei bod hi'n tresbasu? Dychmygai mor wahanol y byddai profiad Bingley, y teithiwr talog a ddyfalbarhaodd ar hyd yr un lôn i'r pen, yn siŵr o'i groeso gan Huw, a gâi wrandawr i ddal ar bob gair o'i enau; neu deimladau'r hen Huw ei hun a frysiodd bob cam ar hyd-ddi bymtheng mlynedd cyn hynny, ar bigau'r drain i ddweud yr hanes wrth ei gymar hirymarhous.

Gwangalonnodd – yn ôl ei harfer, meddyliodd, wrth gofio'r olygfa – gan wneud tro triphwynt a rhuo'r car i fyny'r llethr, a mynd yn syth i ddannedd tri neu bedwar landrofer. Dyna hi wedi cael ei dal! Ond cymerodd y gyrwyr dro deheuig i'r ochr er mwyn parcio ar lain o dir gwastad a neidiodd tua dwsin o ddynion o'u cerbydau'n ddiymdroi heb gymryd y sylw lleiaf ohoni, gan gau'r drysau'n glep a dechrau cerdded yn wrol i fyny'r rhostir eithinog yn eu capiau brethyn a'u cotiau Barbour a'u gynnau dan eu ceseiliau yn barod i ymlid y ffesantod.

'Rargian, bron i mi ollwng y platia 'ma i gyd!' meddai Alys wrth i Saran agor drws y gegin yn sydyn a hithau ar ganol gosod y pentwr yn ei briod le ar y bwrdd.

'Sori, Mam, dwi'n gwbod dy fod ti eisio i ni gyd gadw draw. Jest deud fod Dad newydd gyhoeddi fod yn rhaid i bawb ddawnsio am ei swpar. Mae o wrthi'n rholio'r matia ar hyn o bryd, fyddi di'n falch o glywad. So fydd hi ddim yn hir cyn fydd pawb yn dŵad at y cafn, reit?'

'Wnei di ddeud wrtho fo na fedra i'm dŵad,' meddai Alys, gan dwtio'r rhesi o gyllyll a ffyrc unwaith eto.

'Mae o 'di synhwyro hynny, dwi'n meddwl. Ti'n glanio?'

'Torri'r bagéts,' meddai Alys wrth edrych o'i chwmpas, 'a be arall, sgwn i?'

'Taro powdwr ar dy drwyn, a dyna chdi, bron yna! Meddylia am Mrs Llwyd erstalwm. Dal ati!' a dechreuodd Saran wneud stumiau. 'Ti'n cofio?'

A chofleidiodd y ddwy a dechrau chwerthin.

'Mam, dwi 'di penderfynu peidio mynd yn ôl fory. Dyna pam ddois i i'r gegin, a deud y gwir. Mae'n rhaid i Gwen fynd yn ôl i'r gwaith ond dwi am aros am ddiwrnod neu ddau. Dwi eisio siarad efo ti. Yli, Mam, dwi'm yn deud na fydd gin ti byth lunia babis i ddangos i Hanna ond – O, 'ruwd, dôn i'm yn meddwl dechra ar hyn rŵan —'

'Na, paid. Gâd o tan fory. Dwi'n gwbod mai eisio cael bod yn rhydd i neud petha yn dy ffordd dy hun wyt ti. Dos rwan, cariad, i mi gael gorffan.'

Safodd Alys yn ei hunfan am beth amser. Yna clywodd y miwsig yn dechrau a chododd fleind yr hatsh a symud yn ôl i ddyfnder y gegin. Doedd hi ddim wedi taro'r golau ymlaen ac felly doedd hi ddim yn yr amlwg. Yn y stafell fyw roedd lamp wedi'i goleuo yma ac acw ac ambell un o'r gwesteion yn codi i ddawnsio, gan gynnwys y pâr ifanc di-enw a'u breichiau am ei gilydd, ac roedd Alun yn gwneud cam a naid i nôl Tilda i'w halio i ganol y llawr. Fflachiai camera Rhys a safai Dora a Hanna yn astudio darlun o waith Saran uwchben y lle tân, Hanna wrthi'n siarad yn fywiog ac yn pwyntio. Roedd yn ddarlun a wnaethpwyd rai blynyddoedd yn ôl o'r olygfa o flaen y tŷ, er na fyddai neb bron yn ei adnabod, ond roedd yn un o ffefrynnau Alys. Erbyn hyn roedd Saran wedi troi at dirluniau trefol.

Roedd yn well sioe i'w gwylio nag un y llynedd ac eto doedd cofio am honno, a'r sêr golygus oedd ynddi, ddim yn peri cymaint o wewyr iddi bellach. Y sgwrs fer i fyw llygad a'r sigl pluog ar feingefn. Gallai feddwl yn fwy gwrthrychol am senario'r ffilm honno'n awr. Dyna ffordd Frank o ymdopi; o geisio dygymod â'r drefn; adnewyddu'i hun. Ac at hynny, o edrych yn ôl, doedd dim byd a fu rhwng Frank a hithau wedi rhagori ar gyffro'r daith tua'r fan lle y tyfai'r llyrlys.

'Wel, 'y ngeneth i,' meddai Hanna wrth i Alys ei hebrwng adref, 'mi aethoch i drafferth mawr.' Roedd hi'n tynnu at un o'r gloch y bore ac o'u blaenau clywent griw bychan y gwesty, Dora, Rhys a Tilda, yn sgwrsio wrth gychwyn i fyny'r allt tua'u llety a Saran a Gwen wedi mynd gyda nhw i gadw cwmni. 'Fedrwn i ddim gneud sbred fel 'na rŵan dros 'y nghrogi, na fedrwn, wir. Ond dyna fo, mae ienctid o'ch plaid chi.'

A chwarddodd Alys.

Gadawyd Alun ar ôl i roi trefn ar y dodrefn yn y tŷ tawel, ar ôl noson a gododd i gymaint o hwyl ar un pryd nes deffro Macsi a Pero o'u melys gwsg. Bu'n halibalŵ am yn hir. Rhys wedi mynnu tynnu lluniau o bawb, mewn grwpiau penodol y tro hwn, fel petai'n ffotograffydd priodasol a'r un mor gysetlyd yn mynd o'i chwmpas hi: y cŵn anwes, y cydweithwyr, y teulu, y teulu a'r cŵn, y cymdogion, y cyfeillion, nes creu dryswch categorïol a chryn dipyn o gyfnewid lle, a sbort wrth wneud, a Rhys ar ei uchelfannau fel dyn y sioe. A rywbryd yng nghanol y miri roedd Alun wedi tynnu Gwen i mewn i grŵp y teulu fel y safai hithau'n gwylio yng nghil y drws, ar hanner stacio'r peiriant golchi llestri ac yn hofran i gael ei galw bob yn ail, a'i haflonyddwch yn codi chwa oddi ar y rhosod yn y cyntedd.

'Mae Manw'n dal ar ei thraed,' meddai Hanna wrth weld golau i lawr grisiau.

Safodd Alys wrth y giât nes i Manw ateb y drws. Yna cododd ei llaw a chychwyn yn ei hôl. Wrth waelod dreif Bryn Gorad petrusodd am funud, gan feddwl tybed a âi hi i lawr lôn y gored fel y bu'n hanner ystyried gynnau wrth fynd heibio ym mraich Hanna, dim ond picio i weld y llanw llonydd gan ei bod hi'n amser iddo. I lawr yn y fan honno, yn nes at wyneb y dŵr, yr oedd i'w weld ar ei orau. Ond edrychai'r lôn yn flêr; roedd y tyrchu wedi dechrau ar gyfer gosod pibelli dŵr, a chochni lantarn yn lledoleuo rheilin o amgylch twll yn ei chanol. Âi yn ei blaen ar hyd y dreif ac ar draws y lawnt at wal derfyn yr ardd.

A dyna lle roedd y penllanw, yn ddisymud a gloyw. Draw ar y lan gyferbyn roedd rhesi disglair y lampau stryd yn creu düwch aneglur o'u cwmpas, ac uwchben edrychai'r lleuad newydd miniog yn sbriws yn yr awyr.

Trodd at y tŷ a chael cip ar Alun yn rhoi'i ben allan drwy'r ffenestr Ffrengig fel petai'n chwilio amdani ond yn ei gau heb ei weld. Roedd y lawnt yn glir, y byrddau a'r cadeiriau wedi'u cadw. Dilynodd gwrs napcyn papur a chwythai'n dow-dow dros y glaswellt a'i godi a'i roi yn ei phoced.

Erbyn iddi gyrraedd y teras gwelai fod Alun bron â gorffen rhoi'r dodrefn yn eu holau yn y stafell fyw. Roedd a'i gefn ati, yn taro'r gadair freichiau olaf yn ei lle, ei chadair hi yn bennaf pan nad oedd cwmni ganddynt. Yna rhoddodd ei law drwy'i wallt tra edrychai o'i gwmpas i sicrhau bod popeth wedi'i osod yn gymesur mewn perthynas â'r lle tân.

Ceisiodd Alys agor y ffenestr fawr, ond roedd ar glo, a chnociodd yn ysgafn ar y gwydr, heb ddim ymateb. Yna sylwodd ar y seiniau mwyn am y tro cyntaf; roedd miwsig dawns yn chwarae, a rwystrai Alun rhag ei chlywed. A chnociodd yn uwch.